CB137304

FLUSH:

uma biografia

Virginia Woolf

FLUSH:
uma biografia

Tradução
Karla Lima

Principis

Esta é uma publicação Principis, selo exclusivo da Ciranda Cultural
© 2025 Ciranda Cultural Editora e Distribuidora Ltda.

Traduzido do original em inglês
Flush

Texto
Virginia Woolf

Editora
Michele de Souza Barbosa

Tradução
Karla Lima

Preparação
Walter Sagardoy

Produção editorial
Ciranda Cultural

Diagramação
Linea Editora

Revisão
Fernanda R. Braga Simon

Design de capa
Laerte Silvino

Dados Internacionais de Catalogação na Publicação (CIP) de acordo com ISBD

W913f Woolf, Virginia

Flush: uma biografia / Virginia Woolf ; traduzido por Karla Lima.
– Jandira, SP : Principis, 2025.
160 p. ; 13,5cm x 20,5cm.

ISBN: 978-65-5097-276-9

1. Literatura inglesa. 2. Clássicos. 3. Reflexão. 4. Análises. 5. Analogia.
6. Consciência. I. Lima, Karla. II. Título.

2025-2386 CDD 823
CDU 821.111

Elaborado por Vagner Rodolfo da Silva - CRB-8/9410

Índice para catálogo sistemático:
1. Literatura inglesa 823
2. Literatura inglesa 821.111

1ª edição em 2025
www.cirandacultural.com.br
Todos os direitos reservados.
Nenhuma parte desta publicação pode ser reproduzida, arquivada em sistema de busca ou transmitida por qualquer meio, seja ele eletrônico, fotocópia, gravação ou outros, sem prévia autorização do detentor dos direitos, e não pode circular encadernada ou encapada de maneira distinta daquela em que foi publicada, ou sem que as mesmas condições sejam impostas aos compradores subsequentes.

Esta obra reproduz costumes e comportamentos da época em que foi escrita.

Sumário

Three Mile Cross

É universalmente admitido que a família da qual o objeto desta biografia alega descender é uma das mais antigas. Portanto, não é de estranhar que a origem do nome em si esteja envolta em obscuridade. Há muitos milhões de anos, o país que é agora chamado de Espanha fervia, inquieto, na ebulição da criação. Eras transcorreram, e a vegetação surgiu; onde há vegetação, a lei da natureza decretou que haja coelhos; onde há coelhos, a Providência ordenou que haja cães. Nada há quanto a isso que enseje questionamento ou comentário. Mas, quando perguntamos por que o cão que caçava o coelho foi chamado de *spaniel*, aí começam as dúvidas e dificuldades. Alguns historiadores dizem que, quando os cartagineses chegaram à Espanha, os soldados rasos gritaram, em uníssono, "*Span! Span!*", pois coelhos disparavam de cada moita, de todos os arbustos. A terra pululava de coelhos. E *span*, na língua cartaginesa, significa "coelho". Assim, o país foi chamado de Hispania, ou Terra dos Coelhos, e os cães, que se perceberam quase imediatamente em franca perseguição aos coelhos, foram chamados de *spaniels*, ou cães de coelhos.

Muitos de nós ficariam contentes em deixar o assunto de lado, mas a verdade nos compele a acrescentar que existe uma segunda escola de pensamento, que raciocina de outra forma. A palavra "Hispania", esses estudiosos dizem, nada tem a ver com a palavra cartaginesa *span*. Hispania deriva da palavra basca *españa*, que significa limite ou fronteira. Se for assim, coelhos, arbustos, cães, soldados – toda aquela imagem romântica e agradável precisa ser descartada da mente, e devemos supor apenas que o *spaniel* se chama *spaniel* porque a Espanha se chama *España*. Quanto à terceira escola de estudiosos de antiguidades, que sustenta que, como um apaixonado chama sua musa de monstro ou macaco, da mesma forma os espanhóis chamavam seus cães favoritos de torto ou estorvo (a palavra *españa* pode assumir esses significados), porque um *spaniel* é notoriamente o oposto – bem, essa é uma conjectura fantasiosa demais para ser considerada seriamente.

Passando por cima dessas e de muitas outras teorias que não devem nos deter aqui, chegamos a Wales no meio do século X. O *spaniel* já está lá, levado, dizem alguns, pelo clã espanhol de Ebhor ou Ivor muitos séculos antes; e certamente, em meados do século X, é um cão de grande reputação e valor. "O *spaniel* do rei tem uma libra de valor", Howel Dda registrou em seu *Livro das leis*. E, quando nos lembramos do que uma libra podia comprar em 948 A.D. – quantas esposas, quantos escravos, cavalos, bois, perus e gansos –, fica claro que o *spaniel* já era um cão de valor e reputação. Ele já tinha seu lugar ao lado do rei. A família dele era exibida diante de muitos monarcas famosos. Ele estava à vontade em palácios quando os Plantagenetas, os Tudors e os Stuarts ainda iam atrás do arado de outras pessoas, atravessando a lama de outras pessoas. Muito antes que os Howards, os Cavendishes e os Russells se elevassem acima do populacho de Smiths, Joneses e Tomkins, a família *spaniel* era uma família distinta e desmembrada.

E, com o correr dos séculos, pequenos ramos se soltaram do tronco de origem. Aos poucos, conforme a história inglesa seguia seu curso, vieram a existir ao menos sete famílias *spaniels* famosas: a Clumber, a Sussex, a Norfolk, a Black Field, a Cocker, a Irish Water e a English Water, todas derivadas do *spaniel* original dos dias pré-históricos, mas exibindo características distintas e, portanto, sem dúvida reivindicando privilégios como distintas. Que havia uma aristocracia de cães na época em que a rainha Elizabeth estava no trono, Sir Philip Sidney nos dá testemunho: "... galgos e *hounds*", ele comenta, "dos quais os primeiros podem parecer os lordes, os segundos, os cavalheiros e os últimos, os pequenos agricultores dos cães", ele escreve na *Arcadia*.

Mas, se formos levados a presumir que os *spaniels* seguiram o exemplo humano, olhando para os galgos como seus superiores e considerando os *hounds* abaixo de si, temos de admitir que a aristocracia deles foi fundada sobre razões mais sólidas que as nossas. Essa, ao menos, deve ser a conclusão de qualquer um que estude as leis do Clube do Spaniel. Esse augusto órgão estabelece, de maneira clara e rigorosa, o que constitui os vícios e as virtudes de um *spaniel*.

Olhos claros, por exemplo, são indesejáveis; orelhas curvas são ainda piores; nascer com um nariz claro ou um topete é nada menos que fatal. Os méritos do *spaniel* são definidos com a mesma precisão: sua cabeça deve ser suave, elevando-se sem uma inclinação excessiva a partir do focinho; o crânio deve ser relativamente arredondado e bem desenvolvido, com espaço suficiente para a potência cerebral; os olhos devem ser cheios, mas não esbugalhados; e a expressão geral deve refletir inteligência e delicadeza. O *spaniel* que exibe essas características é incentivado a procriar; aquele que insiste em perpetuar topetes e narizes claros é excluído dos privilégios e emolumentos de sua espécie. Assim, os juízes ditam a lei e, ao fazê-lo, impõem penalidades e privilégios que garantem sua obediência.

Porém, ao voltarmos nosso olhar para a sociedade humana, que caos e confusão encontramos! Nenhum clube exerce jurisdição sobre a procriação do homem. O Heralds College é a tentativa mais próxima que temos de um Clube do Spaniel para os humanos, pois ao menos busca preservar a pureza da linhagem familiar. Mas, ao questionarmos o que constitui o nascimento nobre – deveriam nossos olhos ser claros ou escuros? Nossas orelhas, curvas ou retas? Topetes são fatais? –, nossos juízes apenas nos indicam nosso brasão de armas. Talvez você não tenha um – nesse caso, você não é ninguém. Mas, uma vez que consiga provar sua ascendência nobre por dezesseis gerações e reivindicar o direito a uma pequena coroa, então não apenas terá nascido, mas terá nascido nobre.

É por isso que, em todo o bairro de Mayfair, não há um único açucareiro sem um *leão couchant* ou uma *sereia rampante*. Até mesmo as lojas de armarinhos ostentam as Armas Reais acima de suas portas, como se isso fosse garantia de que seus lençóis proporcionam um sono seguro. Em toda parte, a classe é reivindicada e suas virtudes são exaltadas. No entanto, ao examinarmos as Casas Reais dos Bourbon,

Habsburgo e Hohenzollern – decoradas com incontáveis coroas, brasões e animais heráldicos –, e as encontramos agora exiladas, destituídas de autoridade e julgadas indignas de respeito, só nos resta menear a cabeça e reconhecer que os juízes do Clube do Spaniel julgam com mais sabedoria.

Essa é a lição que logo se impõe quando deixamos essas questões elevadas para considerar o início da vida de Flush na família dos Mitfords.

Por volta do final do século XVIII, uma linhagem da famosa raça *spaniel* vivia perto de Reading, na casa de um certo doutor Midford ou Mitford. Esse cavalheiro, em conformidade com os cânones do Heralds College, decidiu grafar seu nome com "t" e, assim, reivindicou descendência da família Northumberland dos Mitfords de Bertram Castle. Sua esposa, certa senhorita Russell, descendia, ainda que remotamente, da Casa Ducal de Bedford.

No entanto, o acasalamento dos ancestrais do doutor Mitford foi conduzido com tal desrespeito atrevido pelos princípios hereditários que nenhum painel de juízes teria aceitado sua reivindicação de nobreza, nem permitido que ele perpetuasse sua linhagem. Seus olhos eram claros; suas orelhas, curvas; sua cabeça exibia o topete fatal. Em outras palavras, ele era absolutamente egoísta, temerariamente extravagante, mundano, insincero e viciado em jogo. Dissipou sua própria fortuna, a fortuna da esposa e os ganhos da filha. Deserdou a família na prosperidade e a explorou na enfermidade.

Dois pontos, no entanto, estavam a seu favor: sua grande beleza pessoal – fora um verdadeiro Apolo, até que a glutonaria e a intemperança o transformaram em um Baco – e sua genuína devoção aos cães. Ainda assim, não resta a menor dúvida de que, se existisse um Clube do Homem equivalente ao Clube do Spaniel, nenhuma alteração na grafia de seu nome, nenhuma reivindicação de parentesco com os Mitfords de Bertram Castle teria sido suficiente para protegê-lo do desprezo, da proscrição e do ostracismo. Ele teria sido rotulado como um vira-lata, indigno de dar continuidade à espécie.

Mas ele era humano. Nada, portanto, o impediu de se casar com uma dama de nascimento e criação, de viver mais de oitenta anos, de possuir diversas gerações de galgos e *spaniels* e de gerar uma filha.

Todas as pesquisas fracassaram em estabelecer com um mínimo de certeza o ano exato de nascimento de Flush, que dirá o mês ou o dia; mas é provável que ele tenha nascido em algum momento do início de 1842. Também é provável que descendesse diretamente de Tray (c. 1816), cujos atributos, infelizmente preservados apenas na forma pouco confiável da poesia, provam que ele foi um *cocker spaniel* vermelho de grande mérito.

Há razões suficientes para se acreditar que Flush era filho daquele "verdadeiro e velho *cocking spaniel*, por quem o doutor Mitford recusou vinte guinéus por conta de sua excelência no campo". Infelizmente, é à poesia, pobres de nós, que precisamos recorrer para obter uma descrição mais detalhada do próprio Flush quando filhote. Ele tinha aquele tom peculiar de castanho-escuro que, ao sol, "reluz até o ouro". Seus olhos eram "surpresos, de meiguice avelã". Suas orelhas tinham "borlas"; suas "patas esguias" formavam "um dossel de franjas" e sua cauda era larga. Levando em consideração as exigências da rima e as imprecisões da dicção poética, não há nada aqui que não fosse aprovado pelo Clube do Spaniel. Não há dúvidas de que Flush era um *cocker spaniel* de linhagem pura da variedade vermelha, exibindo todas as características típicas e desejáveis de sua raça.

Os primeiros meses de sua vida foram passados em Three Mile Cross, um chalé de operário perto de Reading. Dado que os Mitfords haviam caído em desgraça – Kerenhappock era a única criada; as capas das cadeiras eram feitas pessoalmente pela senhorita Mitford com o mais barato dos tecidos; a peça de mobília mais importante parecia ser uma grande mesa; e o cômodo mais relevante, uma estufa –, é improvável que Flush tenha sido cercado por qualquer luxo. Nada de canil protegido da chuva, passeios de cimento, uma criada ou um menino ao lado para cuidar dele, como seria esperado para um cão de sua categoria. No entanto, ele triunfou. Com a vivacidade própria de seu temperamento, desfrutou dos prazeres e até de algumas libertinagens naturais à sua juventude e seu sexo.

A senhorita Mitford, de fato, permanecia muito confinada ao chalé. Precisava ler para o pai por horas a fio; depois, jogar *cribbage*; e, quando finalmente se cansava, passava longas horas escrevendo na estufa, na tentativa de pagar as contas e quitar os débitos. Mas, por fim, o momento tão ansiado chegava. Ela empurrava os papéis de lado, colocava um chapéu, pegava a sombrinha e saía para passear pelos campos com seus cães.

Os *spaniels* são, por natureza, companheiros afetuosos. Flush, como sua história prova, tinha um apreço quase exagerado pelas emoções humanas. A visão de sua amada tutora enfim ao ar livre, permitindo que a brisa agitasse seus cabelos brancos e avermelhasse o frescor de seu rosto, enquanto as rugas em sua testa se suavizavam, fazia com que ele desse saltos alegres, expressando, em parte, a solidariedade ao deleite dela. Enquanto a senhorita Mitford avançava pela relva alta, Flush corria de um lado para o outro, abrindo caminho entre o verde exuberante. As gotas frias de orvalho e de chuva explodiam em borrifos iridescentes ao redor de seu nariz; o solo, ora duro, ora macio, ora quente, ora frio, provocava e fazia cócegas nas delicadas almofadas de suas patas.

E então, que variedade de cheiros estimulava suas narinas! Os aromas terrosos da relva recém-cortada, o perfume doce das flores, os odores sem nome das folhas e arbustos. Cheiros ácidos surgiam ao atravessar a estrada; aromas pungentes envolviam-nos nos campos de feijão. Mas, de repente, um cheiro mais forte, mais cortante, mais dilacerante do que qualquer outro chegava com o vento – um cheiro que disparava em seu cérebro e despertava mil instintos, liberando um milhão de lembranças: o cheiro da lebre, o cheiro da raposa. Num instante, ele saía em disparada, como um peixe sugado por uma correnteza, cada vez mais longe. Ele esquecia a tutora, esquecia toda a humanidade. Ouvia homens escuros gritar: "*Span! Span!*". Ouvia chicotes estalar. Corria, corria sem parar.

Então, de repente, estancava, aturdido. O encantamento se desvanecia. Lentamente, abanando a cauda humildemente, trotava de volta pelos campos até onde a senhorita Mitford estava, gritando "Flush! Flush! Flush!" e agitando a sombrinha. Pelo menos uma vez, porém, o chamado foi ainda mais imperioso. O som de uma trombeta de caça despertou instintos ainda mais profundos, convocando emoções selvagens e primordiais que transcendiam a memória e obliteravam relva, árvores, lebres, coelhos, raposas – tudo –, substituindo-os por um brado indômito de êxtase. O amor acendeu suas tochas nos olhos dele. Ele ouviu a trombeta de caça de Vênus. Antes de deixar sua infância para trás, Flush tornou-se pai.

Tal conduta, mesmo em um homem, no ano de 1842, exigiria do biógrafo alguma justificativa; em uma mulher, nenhuma justificativa seria aceitável – seu nome precisaria ser apagado da história, coberto pela ignomínia. Mas o código moral dos cães, para o bem ou para o mal, é certamente diferente do nosso. Nada houve na conduta de Flush que exigisse um véu sobre os acontecimentos, nem que o tornasse indigno da companhia dos mais puros e castos do país. Tanto é verdade que há evidências de que o irmão mais velho do doutor Pusey estava ansioso para comprá-lo.

Dado o caráter conhecido do doutor Pusey, podemos supor que seu irmão possuía atributos sólidos, sérios e promissores, o que sugere que, apesar de sua jovialidade, Flush já demonstrava traços de grandeza. Mas um testemunho ainda mais significativo da natureza encantadora de Flush é o fato de que, embora o senhor Pusey desejasse comprá-lo, a senhorita Mitford recusou-se a vendê-lo.

Estando desesperada por dinheiro, sem saber que tragédia escrever, que anuário editar, reduzida ao expediente humilhante de pedir ajuda aos amigos, deve ter sido difícil para ela recusar a soma oferecida pelo irmão do doutor Pusey. Vinte libras haviam sido oferecidas pela compra do pai de Flush. A senhorita Mitford poderia ter pedido facilmente dez ou quinze libras por Flush.

Dez ou quinze libras eram uma quantia considerável, uma verdadeira fortuna para quem vivia com tantas privações. Com esse dinheiro, poderia ter revestido as cadeiras, reabastecido a estufa, comprado para si um guarda-roupa inteiro. "Não comprei uma touca, um casaco, uma camisola, mal um par de luvas", escreveu ela em 1842, "há quatro anos".

Vender Flush era impensável. Ele pertencia à rara categoria de objetos que não podem ser associados ao dinheiro. Não fazia parte daquela espécie ainda mais rara que, por tipificar o que é espiritual e inestimável, torna-se um símbolo apropriado da amizade desinteressada. Um bem assim poderia ser oferecido nesse espírito a uma amiga – se alguém tivesse a sorte de contar com uma que fosse mais uma filha do que uma amiga. E quem melhor para recebê-lo do que alguém que passava todos os meses do verão reclusa em um quarto dos fundos em Wimpole Street? Uma amiga que não era outra senão a mais proeminente poetisa da Inglaterra, a brilhante, predestinada e adorada Elizabeth Barrett?

Esses pensamentos surgiam com frequência crescente na mente da senhorita Mitford enquanto observava Flush rolar e correr ao sol; e também quando se sentava no sofá da senhorita Barrett, naquele quarto londrino escuro, sombreado pela hera. Sim, Flush era digno da senhorita Barrett; e a senhorita Barrett, digna de Flush. O sacrifício era grande, mas precisava ser feito. Assim, certo dia, provavelmente no início do verão de 1842, uma dupla singular pode ter sido vista descendo Wimpole Street – uma senhora idosa, baixa, robusta e vestida com simplicidade, de rosto vermelho e cabelos brancos reluzentes, conduzindo pela guia um filhote de *cocker spaniel* dourado, muito animado, curioso e bem-comportado. Eles percorreram quase toda a extensão da rua até que, finalmente, pararam diante do número cinquenta. Não sem certa apreensão, a senhorita Mitford tocou a campainha.

Mesmo hoje, talvez ninguém toque a campainha de uma casa em Wimpole Street sem certo receio. É a mais imponente das ruas de Londres, a mais impessoal. De fato, quando o mundo parece estar ruindo e a civilização vacila em suas fundações, basta ir até Wimpole Street. Caminhar por sua avenida, observar suas casas uniformes, maravilhar-se com as cortinas impecavelmente alinhadas e com as aldravas de bronze polidas e regulares. Ver os açougueiros entregando pernis e os cozinheiros recebendo-os permite deduzir a renda dos moradores e inferir sua consequente submissão às leis de Deus e dos homens. Sim, basta ir a Wimpole Street e respirar profundamente a paz exalada pela autoridade para soltar um suspiro de gratidão. Pois, enquanto Corinto caiu e Messina tombou, enquanto coroas foram derrubadas pelo vento e velhos impérios arderam em chamas, Wimpole Street permaneceu impassível. E ao virar dela para a Oxford Street, uma prece pode brotar do coração e explodir nos lábios, pedindo que nem um tijolo seja movido, nem uma cortina lavada, nem um açougueiro falhe em entregar, nem um cozinheiro deixe de receber o lombo, o coxão duro, o peito, as costelas de carneiro e o bife – para sempre e sempre, pois, enquanto Wimpole Street existir, a civilização estará segura.

Os mordomos de Wimpole Street se movem com solenidade ainda hoje; no verão de 1842, eram ainda mais deliberados. As normas quanto aos uniformes eram mais rígidas; a formalidade dos aventais de feltro verde para a limpeza da prataria, dos coletes listrados e dos casacos de rabo de andorinha para abrir a porta era observada com rigor absoluto. É provável que a senhorita Mitford e Flush tenham sido mantidos à espera por pelo menos três minutos e meio à soleira. Por fim, no entanto, a porta do número cinquenta foi aberta, e os dois foram admitidos.

A senhorita Mitford era uma visita frequente; nada ali a surpreendia, embora a imponência da mansão da família

Barrett sempre a subjugasse. Mas o impacto sobre Flush deve ter sido avassalador. Até aquele momento, ele jamais havia pisado em outra casa que não fosse o modesto chalé de operário em Three Mile Cross. Lá, as mesas eram nuas; os tapetes, esgarçados; as cadeiras, baratas. Aqui, não havia nada nu, nada esgarçado, nada barato – e Flush percebeu isso num relance.

O senhor Barrett, o patriarca da casa, era um comerciante rico. Tinha uma família numerosa, composta por filhos e filhas crescidos, e uma comitiva de criados proporcionalmente grande. Sua residência refletia o gosto do final dos anos 1830, com traços de fantasia oriental – uma influência que se manifestara de forma mais extravagante em sua propriedade em Shropshire, onde construíra uma casa adornada com cúpulas e crescentes de arquitetura mourisca. Em Wimpole Street, porém, tais excessos não seriam tolerados. Ainda assim, é provável que os salões escuros e de pé-direito alto estivessem repletos de otomanas e mogno esculpido; que as mesas tivessem pernas torneadas; que ornamentos de filigrana se destacassem sobre elas; que adagas e espadas decorassem as paredes de tons avermelhados; que objetos exóticos, trazidos de sua propriedade na Índia Oriental, ocupassem nichos e prateleiras; e que tapetes espessos e elaborados cobrissem o chão.

Mas, enquanto Flush seguia atrás da senhorita Mitford, que por sua vez acompanhava o mordomo, foi o que sentiu, mais do que o que viu, que o impressionou. Do alto da escada, desciam aromas quentes de pernil assando, de aves sendo untadas, de sopas fervilhando – aromas arrebatadores para um cão cujas narinas estavam acostumadas apenas ao frugal cheiro das modestas frituras e dos pratos de carne com batatas de Kerenhappock.

Misturados ao cheiro da comida, vinham outros perfumes – os de cedro, sândalo e mogno; vestígios de corpos masculinos e femininos; de criados e criadas; de casacos e calças; de crinolinas e mantos; de cortinas de tapeçaria e veludo; de poeira de carvão e neblina; de vinho e charutos. Cada cômodo pelo qual passava – sala de jantar, sala de estar, biblioteca, dormitório – acrescentava sua própria nota a esse rico concerto de aromas.

Ao pousar uma pata e depois a outra, Flush sentia os tapetes grossos e macios se fechar sobre suas patas como um abraço quente.

Finalmente, chegaram a uma porta fechada nos fundos da casa. Uma batida delicada foi dada; delicadamente, a porta foi aberta.

O dormitório da senhorita Barrett – pois era disso que se tratava – devia estar escuro. A luz, normalmente obscurecida por uma cortina de damasco verde, era, no verão, ainda mais turvada pela hera, pelos gerânios escarlates, pelas corriolas e pelos nastúrcios que cresciam na jardineira da janela. No início, Flush não conseguiu distinguir nada na pálida penumbra esverdeada, exceto cinco globos brancos reluzindo misteriosamente no ar. Mas, novamente, foi o cheiro do aposento que o dominou. Apenas um explorador que tivesse descido, degrau por degrau, até um mausoléu e, lá dentro, se encontrado em uma cripta encrustada de fungos, viscosa de mofo e impregnada dos odores azedos de decadência e antiguidade, enquanto bustos meio destruídos de mármore brilhavam no escuro, indistintamente iluminados pela luz oscilante de sua lanterna – apenas tal experiência poderia equiparar-se ao turbilhão de emoções que inundou os nervos de Flush ao farejar, pela primeira vez, a água de colônia no quarto de uma inválida em Wimpole Street.

Muito lentamente, muito vagamente, com muita fungação e apalpação, Flush começou a discernir o contorno de diversos móveis. O objeto enorme perto da janela seria, talvez, um guarda-roupa. Ao lado dele, uma cômoda. No centro do quarto, emergia o que parecia ser uma mesa com um aro em volta; depois, as vagas silhuetas amorfas da poltrona e da mesa. Mas tudo ali era disfarçado. Sobre o guarda-roupa havia três bustos; a cômoda era encimada por uma estante de livros; a estante de livros era revestida de merino carmim;

o lavatório tinha acima de si uma coroa de prateleiras; e sobre essas prateleiras, mais dois bustos. Nada no quarto era apenas o que parecia ser – tudo continha algo a mais. Até a cortina da janela não era simples musselina, mas um tecido pintado com castelos, portões e agrupamentos de árvores, onde camponeses passeavam despreocupadamente. Espelhos distorciam ainda mais esses objetos já distorcidos, de modo que parecia haver dez bustos de dez poetas, em vez de cinco; quatro mesas, em vez de duas.

E então, de repente, surgiu uma confusão ainda mais aterradora. Flush viu, encarando-o de um buraco na parede, outro cachorro, com olhos brilhantes e faiscantes, e a língua para fora! Ele parou, assombrado. Avançou, hesitante.

Ora se aproximando, ora recuando, Flush mal ouvia, exceto como um distante zumbido do vento entre as copas das árvores, o murmúrio e o burburinho de vozes conversando. Retomou a exploração com cautela, nervoso, como um viajante avançando pela floresta, incerto se aquela sombra era um leão ou aquela raiz, uma cobra. Por fim, no entanto, tomou consciência dos objetos imensos ao seu redor; e, assustado pela sucessão de experiências estranhas, escondeu-se tremendo atrás de um biombo.

As vozes cessaram. Uma porta se fechou. Por um instante, ele ficou imóvel, desnorteado, tenso. Então, de repente, como um tigre saltando com as garras à mostra, a recordação caiu sobre ele. Ele estava sozinho, abandonado. Correu até a porta. Estava fechada. Ele bateu as patas contra a madeira e escutou.

Ouviu passos descendo a escada. Reconheceu-os imediatamente – eram os passos de sua tutora. Seu coração se encheu de esperança. Mas os passos não pararam. Continuaram descendo, e descendo... a senhorita Mitford estava indo embora, descendo lentamente, pesadamente, relutantemente. E, conforme os passos se afastavam, o pânico tomou conta de Flush.

Porta após porta se fechava em sua cara enquanto ela descia. Cada batida de porta trancava atrás de si a liberdade, os campos, as lebres, a relva, sua adorada e venerada tutora – a senhora que o havia banhado, repreendido, alimentado com a própria comida quando mal tinha o suficiente para si. Tudo o que ele conhecia de felicidade, amor e bondade humana estava sendo selado para sempre.

E então aconteceu. A porta da frente bateu. Ela se fora. Ele estava sozinho.

Ela o havia abandonado.

Uma onda avassaladora de desespero e angústia o esmagou. A irrevogabilidade do destino o golpeou com força implacável. Ele ergueu a cabeça e uivou, alto e longo.

Uma voz disse:

– Flush!

Ele não ouviu.

– Flush!

A voz repetiu. Ele se sobressaltou. Achava-se completamente sozinho, mas havia algo vivo no quarto com ele? Havia algo no sofá? Na esperança frenética de que esse ser, fosse o que fosse, pudesse abrir a porta para que ele corresse atrás da senhorita Mitford e a encontrasse – de que tudo aquilo não passasse de um jogo de esconde-esconde, como costumavam brincar na estufa de casa –, Flush disparou na direção do sofá.

– Ah, Flus*h* – disse a senhorita Barrett.

Pela primeira vez, ela o olhou no rosto. Pela primeira vez, Flush olhou para a mulher deitada no sofá. Ambos se surpreenderam.

Cachos pesados caíam dos dois lados do rosto da senhorita Barrett; grandes olhos brilhantes se destacavam; uma boca ampla sorria. Orelhas pesadas pendiam dos dois lados da cabeça de Flush; os olhos dele também eram grandes e brilhantes; sua boca, igualmente ampla. Havia uma semelhança entre eles.

Enquanto se encaravam, cada um sentiu: "*Aí estou eu.*"

E logo depois, cada um sentiu: "*Mas que diferente!*"

O rosto dela era pálido e abatido, marcado pelo isolamento da luz, do ar, da liberdade. O dele era corado e afetuoso, instintivamente vibrante de saúde e energia. Unidos pela semelhança, separados pelo abismo mais profundo que pode existir entre duas criaturas. Ela falava. Ele era mudo. Ela era mulher. Ele era um cão.

O quarto dos fundos

O verão de 1842, de acordo com os historiadores, não foi muito diferente de outros verões, mas, para Flush, foi tão distinto que ele deve ter duvidado se o mundo ainda era o mesmo. Foi um verão passado em um quarto, ao lado da senhorita Barrett; um verão vivido em Londres, no coração da civilização. No início, ele não via nada além do quarto e da mobília, mas isso já era suficientemente surpreendente. Identificar, distinguir e nomear corretamente todos os objetos que via era um desafio. E ele mal havia se acostumado às mesas, aos bustos e aos lavatórios – ainda torturado pelo cheiro de água de colônia –, quando chegou um daqueles raros dias agradáveis, sem vento, mornos, mas não quentes, secos, mas não poeirentos, em que uma inválida podia tomar um pouco de ar. Foi o dia em que a senhorita Barrett pôde arriscar-se na grande aventura de ir às compras com a irmã.

A carruagem foi reservada; a senhorita Barrett levantou-se do sofá, vestiu um véu e um casaco e desceu as escadas. Flush, é claro, foi junto. Saltou para dentro da carruagem ao lado dela. Acomodado em seu colo, toda a pompa de Londres, em seu máximo esplendor, explodiu diante de seus olhos espantados. Eles percorreram a Oxford Street. Ele viu casas feitas quase inteiramente de vidro. Ele viu vitrines repletas de fitas brilhantes e maços cintilantes de cores vibrantes – rosa intenso, roxo, amarelo, rosa suave. A carruagem parou. Ele foi conduzido por misteriosas galerias, envoltas em nuvens e teias de gaze colorida. Milhares de brisas vindas da China e da Arábia exalavam seu delicado incenso, penetrando-lhe os sentidos mais profundos. Ágeis mãos estendiam metros de seda reluzente sobre os balcões; mais lentamente, passavam as sóbrias bombazinas. Tesouras cortavam; moedas faiscavam. Papéis eram dobrados; cordas, atadas. Plumas oscilavam, fitas ondulavam, cavalos relinchavam, uniformes amarelos e rostos passavam, saltavam, dançavam de um lado para outro. Flush, exausto com tantas sensações, adormeceu, cochilou, sonhou e não percebeu mais nada até ser erguido e retirado da carruagem, quando a porta de Wimpole Street se fechou novamente.

No dia seguinte, como o tempo continuava agradável, a senhorita Barrett se aventurou em uma façanha ainda mais ousada: fez-se levar para um passeio pela Wimpole Street em uma cadeira de banho. Novamente, Flush a acompanhou. Pela primeira vez, ouviu o som de suas próprias unhas batendo contra as pedras duras do calçamento de Londres. Pela primeira vez, sentiu a bateria de odores de uma rua londrina em um dia quente de verão invadir suas narinas. Ele farejou os cheiros nauseantes das sarjetas, os odores ácidos corroendo os gradis de ferro, os aromas fortes e fumegantes que subiam dos porões – cheiros mais complexos, adulterados e violentamente contrastantes do que qualquer um que ele já havia sentido nos campos perto de Reading. Eram aromas que iam além do alcance humano; e, conforme a cadeira avançava, ele parava, surpreso, farejando e analisando, até que um puxão na coleira o arrastava para a frente.

Além disso, enquanto subia a Wimpole Street atrás da cadeira da senhorita Barrett, Flush ficou zonzo com a agitação de corpos humanos ao seu redor. Saias esvoaçavam sobre sua cabeça; calças roçavam seus flancos; de vez em quando, uma roda zunia a centímetros de seu nariz. O vento da destruição rugia em suas orelhas e agitava a pelagem de suas patas quando uma vagoneta passava. Aterrorizado, ele se encolheu. Misericordiosamente, a guia puxou sua coleira;

a senhorita Barrett segurou-o firme – do contrário, ele teria corrido para sua própria ruína.

Finalmente, com cada nervo pulsando e cada sentido em alerta, ele chegou ao Regent's Park. E, ao ver novamente grama, flores e árvores – depois do que lhe pareceram anos de ausência –, o velho chamado dos campos ressoou em seus ouvidos, e ele disparou para correr livremente, como sempre fizera em casa. Mas, de repente, um peso sacudiu seu pescoço, forçando-o a parar, jogando-o para trás sobre as ancas.

"Mas há árvores e grama!", ele questionou. "Esses não são os sinais da liberdade?" Ele não costumava correr adiante assim que a senhorita Mitford começava a caminhar? Por que, então, era prisioneiro ali?

Ele parou e observou. Percebeu que, ali, as flores estavam concentradas de maneira muito mais densa do que em casa. Em vez de crescerem livremente, estavam dispostas em canteiros rígidos e estreitos, intercalados por caminhos escuros. Homens de cartola brilhante marchavam solenemente por esses corredores estreitos. À visão deles, Flush encolheu-se instintivamente ao lado da cadeira. Aceitou de bom grado a proteção da guia. E, antes que muitas dessas caminhadas terminassem, um novo conceito penetrou em sua mente.

Observando e associando ideias, ele chegou a uma conclusão: onde há canteiros de flores, há caminhos de asfalto;

onde há canteiros de flores e caminhos de asfalto, há homens de cartola brilhante; onde existe canteiros de flores, caminhos de asfalto e homens de cartola brilhante, cães devem ser conduzidos na guia. Sem ser capaz de decifrar uma única palavra da placa no portão, ele compreendeu a regra. Em Regent's Park, cães devem ser conduzidos na guia.

E a partir dessa lição fundamental, aprendida durante o estranho verão de 1842, logo se acrescentou outra: cães não são iguais, mas diferentes.

Em Three Mile Cross, Flush se misturava indiferentemente com cães de cervejarias e com os galgos do nobre senhor. Ele não via diferença entre o cachorro do tanoeiro e si mesmo. Na verdade, é provável que a mãe de seus filhotes, embora por cortesia chamada de *spaniel*, fosse apenas uma vira-lata, com orelhas de um jeito e cauda de outro. Mas os cães de Londres, Flush logo descobriu, eram estritamente divididos em classes distintas.

Alguns eram cães com guia; outros corriam livres. Alguns passeavam em carruagens e bebiam água em jarros púrpura; outros viviam na sarjeta. Cães, portanto, diferiam. Alguns eram altos, outros eram baixos. E suas suspeitas foram confirmadas por trechos de conversas casuais entre os cães de Wimpole Street. "Vê aquele saco de pulgas? Que vira-latas!" "Jesus, que belo *spaniel*! Um dos sangues mais puros da

Grã-Bretanha!... Pena que as orelhas não sejam um pouquinho mais curvas...” “Uau, aquilo, sim, é um topete!”

A partir dessas frases, da entonação de elogio ou de menosprezo com que eram proferidas – junto às caixas de correio ou em frente aos bares onde criados trocavam dicas de corrida –, Flush aprendeu, antes do fim do verão, que não existia igualdade entre os cães: havia os cães nobres e os plebeus. Qual deles ele seria?

Assim que chegou em casa, Flush se examinou cuidadosamente no espelho. Graças aos céus, era um cão de boa origem e criação! Sua cabeça era harmoniosa; os olhos, proeminentes, mas não esbugalhados; as patas, peludas. Ele era idêntico ao *cocker spaniel* da melhor linhagem da Wimpole Street.

Observou com aprovação o jarro púrpura do qual bebia – tais eram os privilégios de sua posição social. Baixava a cabeça calmamente para que a guia fosse presa à coleira – tais eram as penalidades. Quando, por essa época, a senhorita Barrett o via se encarando no espelho, acreditava que ele fosse um filósofo, refletindo sobre a diferença entre aparência e realidade. Mas, ao contrário, ele era um aristocrata avaliando seus atributos.

Mas os dias agradáveis de verão logo chegaram ao fim; os ventos outonais começaram a soprar, e a senhorita Barrett se recolheu definitivamente ao quarto. A vida de Flush também mudou. Sua educação ao ar livre foi substituída pela do confinamento, e essa, para um cão de seu temperamento, foi a mais drástica que poderia ter sido imposta.

Suas únicas saídas – breves e perfunctórias – eram feitas na companhia de Wilson, a criada da senhorita Barrett. Pelo restante do dia, ele permanecia no sofá, aos pés dela. Todos os seus instintos naturais foram frustrados e contrariados. No outono anterior, em Berkshire, Flush galopava em liberdade pelo restolho; agora, ao som da hera tamborilando no vidro, a senhorita Barrett pedia a Wilson que se certificasse de que as janelas estavam travadas.

Quando as folhas dos gerânios escarlates e dos nastúrcios da jardineira amarelavam e caíam, ela apertava o xale indiano ainda mais firmemente ao redor de si. Quando a chuva de outubro golpeava a vidraça, Wilson acendia a lareira e empilhava carvão.

O outono se transformou em inverno, e as primeiras névoas tingiram o ar de amarelo. Wilson e Flush mal conseguiam encontrar o caminho até a caixa de correio ou ao farmacêutico. Quando retornavam, não se via nada no quarto além dos bustos pálidos cintilando no alto dos guarda-roupas; os camponeses e o castelo haviam desaparecido da cortina, e um amarelo vazio preenchia a janela. Flush sentia que ele e a senhorita Barrett viviam sozinhos em uma caverna, acolchoada e iluminada pelo fogo. O trânsito zumbia perpetuamente lá fora, com reverberações abafadas. De vez em quando, uma voz ecoava pela rua abaixo, gritando roucamente: "Cadeiras e cestas velhas para remendar!". Às vezes, uma música de órgão desafinada se aproximava, ganhava volume, depois se afastava e sumia. Mas nenhum desses sons significava liberdade, ação ou exercício. O vento e a chuva, os dias indóceis do outono e os dias gelados do inverno, todos eram iguais para Flush – não passavam de sinônimos de tepidez e imobilidade; o acendimento das lâmpadas, o fechar das cortinas e o atiçamento das brasas.

No início, a tensão era grande demais para ser suportada. Ele não conseguia evitar dançar pelo quarto em um dia ventoso de outono, quando as perdizes deveriam estar ciscando no restolho. Ele pensava ouvir disparos na brisa. Não podia evitar correr até a porta, com os pelos eriçados, quando um cão latia lá fora. E, no entanto, quando a senhorita Barrett o chamava de volta, quando pousava a mão em sua coleira, Flush tinha outro sentimento – urgente, contraditório, desagradável – algo que ele não sabia nomear nem explicar, mas que, ainda assim, o continha. Ele se deitava imóvel aos pés dela.

Renunciar, controlar, suprimir os instintos mais violentos de sua natureza – essa foi a principal lição da escola do quarto, e uma de tão extrema dificuldade que muitos eruditos aprenderam grego com menos esforço, e muitas batalhas foram vencidas sem que seus generais experimentassem metade desse sofrimento. Mas, por outro lado, a senhorita Barrett era a professora. E, conforme as semanas passavam, Flush percebia cada vez mais a força do vínculo entre eles – uma proximidade desconfortável e, ao mesmo tempo, eletrizante. Ele entendia que, se seu prazer significava o sofrimento dela, então o prazer já não era prazer, mas três partes de sofrimento.

A veracidade disso era provada todos os dias. Quando alguém abria a porta e assobiava para que ele saísse, por que não ia? Ele ansiava por ar e movimento; seus membros enrijeciam por ficar tanto tempo deitado no sofá. Ele nunca chegou a se acostumar totalmente ao cheiro da água de colônia. Mas, mesmo com a porta aberta, Flush não saía. Hesitava a meio caminho e, então, voltava para o sofá. "Flushie", escreveu a senhorita Barrett, "é meu amigo, meu companheiro, e me ama mais do que ama o sol lá fora". Ela não podia sair. Estava acorrentada ao sofá. "Um passarinho em uma gaiola teria uma história tão boa quanto a minha", escreveu ela. E Flush, para quem o mundo inteiro estava disponível, escolheu renunciar a todos os cheiros de Wimpole Street para permanecer ao lado dela.

E, apesar disso, às vezes o elo quase se rompia; havia vastos hiatos na compreensão de ambos. Algumas vezes, eles se deitavam e se encaravam em franco desnorteio.

Por que, a senhorita Barrett se perguntava, Flush tremia de repente, choramingava, se assustava e apurava os ouvidos? Ela mesma não conseguia ouvir nada, não conseguia ver nada; não havia ninguém no quarto com eles. Ela não podia saber que Folly, o pequeno *king charles* de sua irmã, tinha passado pela porta, ou que Catiline, o *dogo cubano*, tinha ganhado um osso de carneiro de um criado no porão. Mas Flush sabia; ele ouvia; ele era assolado pelas fúrias alternadas da volúpia e da voracidade.

Nem com toda a sua imaginação poética a senhorita Barrett poderia adivinhar o que o guarda-chuva molhado de Wilson significava para Flush – que memórias despertava de florestas, papagaios e elefantes selvagens bramindo. Tampouco sabia ela que, quando o senhor Kenyon tropeçou no cordão da campainha, Flush ouviu homens escuros praguejando nas montanhas; os gritos de "*Span! Span!*" ecoaram em seus ouvidos, e foi com certa fúria ancestral abafada que ele o mordeu.

Flush ficava igualmente perdido na avaliação das emoções da senhorita Barrett. Lá ficava ela, deitada hora após hora, passando a mão sobre uma página branca, segurando um graveto preto, e, de repente, seus olhos se enchiam de lágrimas. Mas por quê?

"Ah, meu caro senhor Horne", ela estava escrevendo. "E então veio a falha em minha saúde… e depois o exílio forçado para Torquay… que emprestou um pesadelo para minha vida para sempre e me roubou de mais do que posso falar aqui; não fale disso em lugar nenhum. NÃO FALE DISSO, caro senhor Horne."

Mas não havia nenhum som no quarto, nenhum cheiro, nada que pudesse fazer a senhorita Barrett chorar.

E então, ainda agitando o graveto, ela explodia em uma risada. Havia desenhado "um retrato muito caprichado e característico de Flush, comicamente semelhante a mim", e escreveu abaixo dele que "só não é um excelente substituto para um meu por ser mais digno do que eu posso ser considerada".

O que havia para se rir naquele borrão preto que ela estendeu para Flush olhar? Ele não conseguia farejar nada, não conseguia ouvir nada. Não havia ninguém no quarto com eles.

O fato era que não conseguiam comunicar-se por palavras, e essa limitação levava a muitos mal-entendidos. Mas não criava também uma intimidade peculiar?

"Escrever", a senhorita Barrett certa vez exclamou, após uma manhã de labuta. "Escrever, escrever…"

No fim, ela pode ter pensado: as palavras dizem tudo? As palavras podem dizer alguma coisa? As palavras não destroem o símbolo que está além do alcance das palavras?

Pelo menos uma vez, a senhorita Barrett pareceu acreditar que sim.

Ela estava deitada, perdida em seus pensamentos, esquecida da presença de Flush, e suas reflexões eram tão tristes que lágrimas silenciosas caíam sobre o travesseiro.

Então, de repente, uma cabeça peluda foi pressionada contra a dela; grandes olhos inteligentes brilharam nos seus, e ela se sobressaltou.

Era Flush ou era Pã?

Ela já não era uma inválida em Wimpole Street, mas uma ninfa grega em algum bosque escuro de Arcádia.

E teria o deus barbudo pressionado pessoalmente os lábios nos dela?

Por um instante, ela se transformou – ou melhor, ela era uma ninfa e Flush era Pã.

O sol queimava e o amor inflamava.

Mas imagine se Flush tivesse sido capaz de falar: não teria ele dito algo sensato sobre a praga da batata na Irlanda?

Assim também, Flush sentia estranhas agitações ocorrendo dentro de si. Quando via as mãos magras da senhorita Barrett suspendendo delicadamente alguma caixa de prata ou enfeite de pérola da mesa cercada, suas próprias patas peludas pareciam contrair-se, e ele ansiava para que elas terminassem em dez dedos separados. Quando ouvia a voz baixa dela articulando inúmeros sons, desejava o dia em que seu próprio rugido áspero se transformaria em sons como os dela, carregados de significados tão misteriosos. E, quando observava os mesmos dedos perpetuamente cruzando a página branca com um graveto reto, ansiava pelo dia em que também ele haveria de escurecer o papel como ela.

E, no entanto, teria ele sido capaz de escrever como ela? A pergunta é supérflua, felizmente, pois a verdade nos compele a dizer que, nos anos de 1842-43, a senhorita Barrett não era uma ninfa, mas uma inválida; Flush não era um poeta, mas um *cocker spaniel* vermelho; e Wimpole Street não era Arcádia, mas apenas Wimpole Street.

Assim transcorriam as longas horas no quarto dos fundos, com nada para diferenciá-las além do som de passos subindo e descendo a escada; o ruído distante da porta da frente se fechando; o tamborilar de uma vassoura e a batida do carteiro. As brasas no quarto estalavam; as luzes e sombras mudavam de lugar acima da testa dos cinco bustos pálidos, sobre a estante de livros e seu merino vermelho.

Mas, às vezes, o passo na escada não passava pela porta – ele parava do lado de fora. Via-se a maçaneta girar; a porta se abria de fato; alguém entrava. E então, como a mobília mudava estranhamente de aparência! Que extraordinários redemoinhos de som e cheiro eram de repente postos em circulação! Como passavam ao redor das pernas das mesas e colidiam com as arestas pontudas do guarda-roupa!

Provavelmente era Wilson, com uma bandeja de comida ou um frasco de remédio; ou poderia ser uma das duas irmãs da senhorita Barrett – Arabel ou Henrietta; ou, ainda, um dos sete irmãos da senhorita Barrett – Charles, Samuel, George, Henry, Alfred, Septimus ou Octavius.

Mas, uma ou duas vezes por semana, Flush tinha consciência de que algo mais importante estava prestes a acontecer. A cama era cuidadosamente disfarçada de sofá. A poltrona era arrastada para o lado dela; a senhorita Barrett embrulhava-se adequadamente em xales indianos; os itens de toalete eram escrupulosamente escondidos sob os bustos de Chaucer e Homero; o próprio Flush era penteado e escovado. Às duas ou três horas da tarde, havia uma batida peculiar, distinta e diferente à porta. A senhorita Barrett corava, sorria e esticava a mão. Então entrava – talvez a querida senhorita Mitford, rosada, radiante e falante, com um maço de gerânios. Ou poderia ser o senhor Kenyon, um cavalheiro mais velho, robusto e bem-arrumado, irradiando benevolência, trazendo consigo um livro. Ou poderia ser a senhora Jameson, uma dama que era o exato oposto do senhor Kenyon em aparência – uma senhora com "uma aparência muito tênue, olhos pálidos e lúcidos; lábios finos, sem cor... um nariz e um queixo salientes, sem largura".

Cada um ou uma tinha seu próprio jeito, cheiro, tom e sotaque. A senhorita Mitford era efervescente e comunicativa, esvoaçante, mas substancial; o senhor Kenyon era educado, culto e sibilava de leve, porque havia perdido dois dentes frontais; a senhora Jameson não havia perdido nenhum dente e se movia tão exatamente e precisamente quanto falava.

Deitado no sofá, aos pés da senhorita Barrett, Flush deixava que as vozes se agitassem acima dele, hora após hora. Eles falavam e falavam. A senhorita Barrett ria, objetava, exclamava, suspirava e, depois, ria de novo. Finalmente, para grande alívio de Flush, vinham pequenos silêncios – até mesmo na torrente de conversa da senhorita Mitford. Poderiam já ser sete horas? Ela estava lá desde o meio-dia! Ela precisava mesmo se apressar para tomar o trem. O senhor Kenyon fechava o livro – estivera lendo em voz alta – e se levantava, de costas para a lareira; a senhora Jameson, com um movimento preciso e angular, pressionava cuidadosamente cada dedo da luva.

E Flush era afagado por um e tinha a orelha puxada por outro. O ritual da partida era intoleravelmente prolongado;

mas, por fim, a senhora Jameson, o senhor Kenyon e até a senhorita Mitford haviam se levantado, haviam dito adeus, haviam se lembrado de alguma coisa, haviam perdido alguma coisa, haviam achado alguma coisa, haviam chegado à porta, haviam-na aberto e haviam – glória aos céus – por fim partido.

A senhorita Barrett voltava a se afundar nos travesseiros, muito pálida, muito cansada. Flush se aproximava dela. Misericordiosamente, eles estavam sozinhos de novo. Mas as visitas tinham permanecido tanto tempo que já era quase a hora do jantar.

Cheiros começavam a subir do porão. Wilson estava à porta com o jantar da senhorita Barrett em uma bandeja. A bandeja era pousada na mesa ao lado dela, e as tampas eram erguidas. Mas, com todo o vestir-se e conversar, com todo o calor do quarto e a agitação das despedidas, a senhorita Barrett estava cansada demais para comer. Ela dava um pequeno suspiro ao ver a suculenta costela de carneiro ou a asa de perdiz ou frango que havia sido preparada para o jantar dela. Enquanto Wilson estivesse no quarto, ela remexia a faca e o garfo. Mas, assim que a porta era fechada e eles ficavam sozinhos, ela fazia um sinal. Suspendia o garfo. Uma asinha de frango inteira era empalada na ponta dele. Flush avançava. A senhorita Barrett assentia. Muito gentilmente, muito habilmente, sem derramar um pedacinho, Flush removia a asinha e a engolia sem deixar vestígios. Meio pudim de arroz coalhado com creme espesso seguia pelo mesmo caminho.

Nada poderia ser mais querido, mais eficaz, do que a cooperação de Flush. Ele estava deitado, como sempre, aos pés da senhorita Barrett, aparentemente dormindo. A senhorita Barrett estava deitada, repousada e restaurada, aparentemente tendo feito uma refeição excelente, quando, mais uma vez, passos – mais pesados, mais deliberados e mais firmes do que quaisquer outros – paravam na escada. Solenemente, soava uma batida que não era uma batida interrogativa, mas uma exigência de admissão. A porta se abria e entrava o mais sinistro, o mais formidável dos homens idosos – o senhor Barrett em pessoa.

Seus olhos buscavam imediatamente a bandeja. O jantar tinha sido comido? Suas ordens tinham sido cumpridas? Sim, os pratos estavam vazios. Indicando aprovação à obediência da filha, o senhor Barrett se abaixava pesadamente sobre a cadeira ao lado dela. Conforme o corpo sombrio se aproximava, calafrios de terror e pavor percorriam a espinha de Flush. Dessa forma, um bárbaro envolto em flores estremece quando o trovão ressoa e ele escuta a voz de Deus.

Então Wilson assoviava; e Flush, esgueirando-se com culpa – como se o senhor Barrett pudesse ler seus pensamentos e esses pensamentos fossem maus –, arrastava-se para fora do quarto e descia a escada correndo. Havia penetrado no quarto uma força que ele temia, uma força que ele era incapaz de suportar.

Uma vez, Flush entrou inesperadamente. O senhor Barrett estava ajoelhado, rezando ao lado da filha.

O homem encapuzado

Uma educação como aquela, escondida no quarto dos fundos de Wimpole Street, teria corroído um cão comum. E Flush não era um cão comum. Ele tinha um espírito alegre, porém reflexivo; canino, mas altamente sensível às emoções humanas. Um cão assim era particularmente afetado pela atmosfera do quarto. Não podemos culpá-lo se sua sensibilidade foi cultivada em detrimento de suas qualidades mais vigorosas. Naturalmente, deitando-se com a cabeça apoiada sobre um léxico grego, ele passou a desgostar de latidos e mordidas; veio a preferir o silêncio do gato ao vigor do cão; e a afeição humana a ambos.

A senhorita Barrett também fazia o que podia para refinar e educar ainda mais suas competências. Certa vez, ela desencostou uma harpa da janela e lhe perguntou, pousando-a ao lado dele, se ele achava que a harpa, que produzia música, era viva. Ele observou e escutou; pareceu refletir por um momento, em dúvida, e depois decidiu que não. Em outra ocasião, a senhorita Barrett o fez ficar de pé com ela em frente ao espelho e lhe perguntou por que ele latia e tremia. O cãozinho castanho não era o oposto de si mesmo? Mas o que é "si mesmo"? É a coisa que as pessoas veem? Ou é a coisa que alguém é? Então Flush ponderou sobre essa questão também e, incapaz de resolver o problema da realidade, aproximou-se da senhorita Barrett e a beijou "expressivamente". AQUILO, de toda forma, era real.

Recém-saído desses problemas, com tamanhos dilemas emocionais agitando seu sistema nervoso, ele desceu, e não podemos nos surpreender se houve algo – um toque de arrogância, de superioridade – em seu comportamento que despertou a ira de Catiline, o feroz *dogo cubano*, que se lançou sobre ele, mordeu-o e o mandou de volta uivando escada acima, em busca do consolo da senhorita Barrett. Flush "não é um herói", ela concluiu. Mas por que ele não era um herói? Não seria, em parte, por causa dela?

Ela era justa demais para não perceber que era por sua causa que ele havia sacrificado a própria coragem, assim como era por ela que ele havia renunciado ao sol e ao ar fresco. Essa sensibilidade nervosa tinha seus reveses, sem dúvida – ela se viu cheia de desculpas quando ele voou contra o senhor Kenyon e o mordeu por ter tropeçado no cordão da campainha; era irritante quando ele choramingava lastimosamente porque não tinha permissão para dormir na cama dela; quando se recusava a comer, a menos que ela mesma o alimentasse. Mas ela assumia a culpa e suportava o incômodo porque, afinal, Flush a amava. Ele recusara o ar fresco e o sol por ela. "Ele é digno de ser amado, não é?", ela perguntou ao senhor Horne. E, qualquer que fosse a resposta do senhor Horne, a senhorita Barrett tinha certeza absoluta da própria. Ela amava Flush, e Flush era digno do amor dela.

Parecia que nada romperia esse vínculo – como se os anos apenas o compactassem e cimentassem; e como se aqueles anos fossem todos os anos da vida natural deles. Mil oitocentos e quarenta e dois virou mil oitocentos e quarenta e três; mil oitocentos e quarenta e três virou mil oitocentos e quarenta e quatro; mil oitocentos e quarenta e quatro virou mil oitocentos e quarenta e cinco. Flush já não era um filhote; era um cão de quatro ou cinco anos, no auge da vida – e, ainda assim, a senhorita Barrett continuava deitada no sofá em Wimpole Street, e Flush permanecia deitado aos pés dela.

A vida da senhorita Barrett era a vida "de um passarinho na gaiola". Às vezes, permanecia em casa por semanas a fio e, quando saía, era apenas por uma hora ou duas, para ir de carruagem a uma loja ou ser conduzida ao Regent's Park em uma cadeira de banho. Os Barretts nunca saíam de Londres. O senhor Barrett, os sete irmãos, as duas irmãs, o mordomo, Wilson e as criadas, Catiline, Folly, a senhorita Barrett e Flush, todos seguiam morando no número cinquenta da Wimpole Street, comendo na sala de jantar, dormindo nos quartos, fumando no estúdio, cozinhando na cozinha, transportando vasilhas de água quente e descartando a água usada, de janeiro a dezembro.

As capas das cadeiras tornaram-se levemente encardidas; os tapetes, levemente desgastados; pó de carvão, lama, fuligem, névoa, vapores de fumaça de charuto, de vinho e de carne se acumularam em frestas, fendas, tecidos, em cima das molduras dos quadros, nas volutas das esculturas. E a hera que pendia sobre a janela do quarto da senhorita Barrett floresceu; a cortina verde tornou-se mais e mais espessa, e no verão os nastúrcios e os gerânios escarlates se amotinaram juntos na jardineira.

Mas, certa noite, no início de janeiro de 1845, o carteiro bateu. Cartas caíram na caixa de correio como sempre. Wilson desceu para recolhê-las, como sempre. Tudo aconteceu como sempre – toda noite o carteiro batia, toda noite Wilson recolhia as cartas, toda noite havia uma carta para a senhorita Barrett. Mas, naquela noite, a carta não era a mesma; era uma carta diferente.

Flush percebeu isso antes mesmo de o envelope ser aberto. Ele soube pelo modo como a senhorita Barrett o pegou, virou-o, olhou para a escrita vigorosa e irregular de seu nome. Ele soube pelo tremor indescritível nos dedos dela, pela impetuosidade com que abriram a aba, pelo olhar absorto com que leu. Ele a observou ler.

E, enquanto ela lia, ele ouviu – como quando estamos semiadormecidos e percebemos, através do clamor da rua, um sino tocando, e sabemos que ele se dirige a nós, com urgência e, no entanto, abafado, como se alguém muito longe estivesse tentando nos despertar com um aviso de incêndio, de arrombamento ou de alguma ameaça à nossa paz. Sobressaltamo-nos, alarmados, antes de despertar.

Assim, Flush, enquanto a senhorita Barrett lia a pequena folha manchada, ouviu um sino arrancando-o do sono, alertando-o para algum perigo que ameaçava sua segurança e impedindo-o de voltar a dormir.

A senhorita Barrett leu a carta depressa; depois, leu-a lentamente; em seguida, devolveu-a cuidadosamente ao envelope. Também ela não voltou a dormir.

Mais uma vez, algumas noites depois, lá estava a mesma carta na bandeja de Wilson. Mais uma vez, foi lida rapidamente, lida lentamente, lida e relida de novo. Depois, foi guardada cuidadosamente – não na gaveta, junto às volumosas páginas das cartas da senhorita Barrett, mas sozinha.

Agora, Flush pagava o preço integral pelos longos anos de sensibilidade acumulada, deitado em almofadas aos pés da senhorita Barrett. Ele conseguia ler sinais que ninguém mais via. Sabia, pelo toque dos dedos da senhorita Barrett, que ela estava à espera de uma única coisa – a batida do carteiro, a carta na bandeja. Ela o afagava, talvez com um movimento leve e constante; mas, de repente – vinha a batida à porta –, seus dedos se contraíam; ele era apertado como em um torno, enquanto Wilson subia a escada. Então, ela pegava a carta e Flush era solto e esquecido.

No entanto, ele argumentava: o que havia a temer, desde que não ocorresse nenhuma mudança na vida da senhorita Barrett? E nenhuma mudança ocorria. Nenhum novo visitante veio. O senhor Kenyon veio como sempre; a senhorita Mitford veio como sempre. Os irmãos e irmãs vieram, e, à noite, o senhor Barrett veio. Nenhum deles percebeu nada; de nada suspeitaram.

Então, Flush se aquietou e tentou acreditar, quando algumas noites transcorreram sem o envelope, que o inimigo havia ido embora. Um homem de manto, ele imaginou – uma figura encapelada e encapuzada –, passara como um assaltante, sacudira a porta e, encontrando-a vigiada, retirara-se, derrotado. O perigo, Flush tentou se convencer, estava superado. O homem tinha ido embora. Então, a carta chegou de novo.

Conforme os envelopes chegavam com mais e mais regularidade, noite após noite, Flush começou a perceber sinais de mudança na própria senhorita Barrett. Pela primeira vez na experiência de Flush, ela estava irritadiça e inquieta. Não conseguia ler, não conseguia escrever. Ficava à janela e olhava para fora. Interrogava Wilson ansiosamente sobre o clima – o vento ainda estava no leste? Havia já algum sinal de primavera no Park?

"Ah, não", Wilson respondia. "O vento continua sendo um vento cruel do leste."

E a senhorita Barrett, Flush sentia, ficava ao mesmo tempo aliviada e aborrecida. Ela tossia. Queixava-se de sentir-se doente – mas não tão doente quanto geralmente se sentia, quando o vento estava no leste.

E depois, quando estava sozinha, lia novamente a carta da noite anterior. Era a mais longa que já havia recebido. Havia muitas folhas, densamente preenchidas, escuramente manchadas, garatujadas com pequenos hieróglifos abruptos. Até ali Flush conseguia enxergar, de seu posto aos pés dela. Mas não conseguia extrair sentido das palavras que a senhorita Barrett murmurava para si mesma. Ele apenas detectava a agitação dela quando ela chegava ao fim da página e lia em voz alta (embora ininteligivelmente):

"Acredita que poderei vê-la em dois meses, três meses?"

Então, ela tomava a pena e a passava rápida e nervosamente por folha após folha. Mas o que significavam aquelas palavrinhas que a senhorita Barrett escrevia?

"Abril está chegando. Haverá tanto um maio quanto um junho, se vivermos para ver tais coisas, e talvez, enfim, possamos... Eu irei realmente vê-lo, quando o clima ameno houver me revivido um pouco... Mas hei de ter medo do senhor, no começo – embora não tenha, ao escrever assim. O senhor é Paracelso e eu sou uma reclusa, com os nervos rompidos na roda da tortura e agora pendendo frouxamente, tremendo a cada passo e respiração."

Flush não conseguia ler o que ela escrevia, dois ou cinco centímetros acima de sua cabeça.

Mas sabia, tão bem quanto se conseguisse ler cada palavra, como sua tutora ficava estranhamente agitada enquanto escrevia; como desejos opostos a perturbavam – que abril chegasse, que abril não chegasse; que ela pudesse ver esse desconhecido imediatamente, que ela nunca o visse. Flush também tremia, como ela, a cada passo e respiração.

Impiedosamente, os dias passaram. O vento soprou a cortina. O sol branqueou os bustos. Um passarinho cantou na rua. Homens anunciando flores frescas à venda desceram a Wimpole Street. Todos esses sons significavam, ele sabia, que abril estava chegando – e maio, e junho. Nada podia deter a aproximação da temida primavera. Pois o que viria com a primavera? Algum horror – algum horror –, algo que a senhorita Barrett temia, e que Flush temia também.

Ele se assustava, agora, ao som de um passo. Mas era apenas Henrietta. Então, havia uma batida à porta. Era apenas o senhor Kenyon. Assim passaram abril e os primeiros vinte dias de maio. No dia 21 de maio, Flush soube que o dia tinha chegado.

Pois, na terça-feira, 21 de maio, a senhorita Barrett se olhou inquisitivamente no espelho; arrumou-se primorosamente nos xales indianos; pediu a Wilson que puxasse a poltrona para perto, mas não perto demais; tocou aqui, ali e acolá; e depois se sentou ereta entre os travesseiros. Flush se deitou, tenso, aos pés dela. Eles aguardaram, juntos e sozinhos.

Por fim, o relógio da Igreja de Marylebone bateu as duas horas. Eles esperaram. Então, o relógio bateu mais uma vez – eram duas e meia. E, enquanto a última badalada se extinguia, uma batida soou firme à porta da frente.

A senhorita Barrett ficou pálida; ficou imóvel. Flush ficou imóvel também. Pela escada, os passos temidos, inexoráveis, começaram a subir. Flush sabia: vinha a figura encapelada e sinistra da meia-noite – o homem encapuzado. Agora, sua mão estava na porta. A maçaneta girou. Lá estava ele.

– O senhor Browning – Wilson anunciou.

Flush, observando a senhorita Barrett, viu o rubor lhe subir ao rosto; viu seus olhos brilhar e seus lábios se abrir.

– Senhor Browning! – ela exclamou.

Remexendo as luvas amarelas entre as mãos, piscando, bem-arrumado, magistralmente seguro, abrupto, o senhor Browning atravessou o quarto. Ele tomou a mão da senhorita Barrett e afundou-se na cadeira junto ao sofá, ao lado dela. Imediatamente, começaram a conversar.

O que foi terrível para Flush, enquanto eles conversavam, foi a solidão. Antes, ele sentia que ele e a senhorita Barrett estavam juntos em uma caverna iluminada pelo fogo. Agora, a caverna já não era iluminada pelo fogo – era escura e úmida. A senhorita Barrett estava do lado de fora.

Ele olhou ao redor. Tudo havia mudado. A estante de livros, os cinco bustos – antes deidades amigáveis, presidindo aprovativamente – agora eram estranhos, severos. Ele mudou de posição aos pés da senhorita Barrett. Ela não tomou conhecimento. Ele choramingou. Eles não o ouviram.

Por fim, ele ficou quieto, em tensa e silenciosa agonia.

A conversa continuou, mas não fluiu nem ondulou como as conversas geralmente fluíam e ondulavam. Ela pulava e sacolejava. Parava e recomeçava abruptamente. Flush nunca tinha ouvido aquele som na voz da senhorita Barrett antes – aquele vigor, aquela excitação.

As faces dela estavam resplandecentes como ele nunca as vira resplandecer; seus grandes olhos brilhavam como nunca antes.

O relógio bateu as quatro horas; eles ainda conversavam.

Depois, bateu as quatro e meia.

Então, o senhor Browning se levantou de um pulo. Uma decisão horrível, uma ousadia temerária, marcava cada movimento. Mais um instante e ele tomara a mão da senhorita Barrett nas suas; pegara o chapéu e as luvas; dissera adeus.

Eles o ouviram descer a escada correndo. Agilmente, a porta bateu atrás dele. Ele partira.

Mas a senhorita Barrett não afundou de volta nos travesseiros, como fazia quando o senhor Kenyon ou a senhorita Mitford a deixavam. Agora, ela ainda se sentava ereta; seus olhos ainda queimavam; suas faces ainda brilhavam. Ela parecia ainda sentir que o senhor Browning estava com ela. Flush a tocou. Ela se lembrou dele com um sobressalto. Afagou-o levemente, alegremente, na cabeça. E, sorrindo, lançou-lhe o mais estranho dos olhares – como se desejasse que ele pudesse falar, como se esperasse que também ele sentisse o que ela sentia.

Depois, ela riu, penalizada; como se fosse absurdo – Flush, o pobre Flush, não poderia sentir nada do que ela sentia. Ele não poderia saber nada do que ela sabia. Nunca uma distância tão ampla e lúgubre os havia separado. Lá ficou ele, ignorado; sentiu que poderia nem estar ali. Ela já não se lembrava da existência dele.

E, naquela noite, ela comeu a galinha até o osso. Nem um fragmento de batata ou pele foi jogado para Flush. Quando o senhor Barrett veio, como de costume, Flush se espantou com sua obtusidade. Ele se sentou exatamente na mesma cadeira em que o homem havia se sentado. Sua cabeça pressionou as mesmas almofadas que o homem havia pressionado e, no entanto, ele nada percebeu.

"Você não sabe", Flush se perguntou, "quem esteve sentado nesta cadeira? Você não consegue sentir o cheiro dele?"

Pois, para Flush, o quarto todo ainda rescendia à presença do senhor Browning. O ar corria pela estante de livros e rodopiava e espiralava ao redor da cabeça dos cinco bustos pálidos. Mas o homem corpulento se sentava ao lado da filha, totalmente absorto em si mesmo. Ele não percebia nada. Ele não suspeitava de nada.

Agastado com a obtusidade dele, Flush passou a seu lado e saiu do quarto.

Porém, a despeito de sua cegueira espantosa, até mesmo a família da senhorita Barrett começou a notar, com o passar das semanas, uma mudança nela. Ela deixou o quarto e desceu para se sentar na sala de estar. Depois, fez o que não fazia há muitos e muitos dias – caminhou com as próprias pernas até Devonshire Place com a irmã. Seus amigos, sua família, ficaram surpresos com a melhora. Mas só Flush sabia de onde vinha a força dela – vinha do homem moreno na poltrona.

Ele voltava de novo, e de novo, e de novo. Primeiro, uma vez por semana; depois, duas vezes por semana. Ele vinha sempre à tarde e partia à tarde. A senhorita Barrett sempre o recebia sozinha. E nos dias em que ele não vinha, vinham cartas dele. E nas manhãs em que estava sozinha, a senhorita Barrett escrevia para ele.

Aquele homem moreno, tenso, abrupto, vigoroso, com seus cabelos pretos, suas faces vermelhas e suas luvas amarelas, estava em todos os lugares. Naturalmente, a senhorita Barrett estava melhor; é claro que ela conseguia andar.

O próprio Flush sentia que era impossível ficar parado. Antigos anseios reviveram; nova inquietação tomou conta dele. Até seu sono ficou cheio de sonhos. Ele sonhava como não sonhava desde os velhos tempos em Three Mile Cross – com lebres pulando na relva alta, faisões correndo com a cauda flutuando, perdizes subindo do restolho com um chiado. Ele sonhava que estava caçando, que perseguia algum *spaniel* malhado, que fugia, que lhe escapava. Ele estava na Espanha; ele estava no País de Gales; ele estava em Berkshire; ele estava voando diante dos cassetetes dos guardas do parque no Regent's Park.

Então, abria os olhos. Não havia lebres nem perdizes; não havia chicotes estalando nem homens escuros gritando "*Span! Span!*". Havia apenas o senhor Browning na poltrona, conversando com a senhorita Barrett no sofá.

Dormir tornou-se impossível enquanto aquele homem estava lá. Flush ficava deitado com os olhos muito abertos, escutando. Embora não conseguisse entender as pequenas palavras que passavam acima de sua cabeça entre duas e trinta e quatro e trinta, às vezes três vezes por semana, ele conseguia detectar, com uma precisão terrível, que o tom das palavras estava mudando.

A voz da senhorita Barrett fora, no início, forçada e artificialmente vivaz. Agora, ganhara uma amabilidade e uma naturalidade que ele nunca ouvira antes.

E, toda vez que o homem vinha, algum som novo penetrava a voz deles – agora, produziam um balbucio grotesco; agora, passavam por cima dele como pássaros voando à solta; agora, arrulhavam e cacarejavam como se fossem dois pássaros pousados em um ninho; depois, a voz da senhorita Barrett, elevando-se outra vez, alçava voo e circulava pelo ar; depois, a voz do senhor Browning soltava sua risada latida, penetrante, áspera; e, por fim, restava apenas um murmúrio, um som melodioso e tranquilo, quando as duas vozes se uniam.

Mas, quando o verão se transformou em outono, Flush percebeu, com apreensão terrível, outra nota.

Havia uma nova urgência, uma nova pressão e energia na voz do homem, com a qual a senhorita Barrett, Flush sentia, se assustava.

A voz dela oscilava; hesitava; parecia faltar, sumir, implorar por um descanso, uma pausa – como se estivesse com medo. Então, o homem se calava. De Flush, eles tomavam pouco conhecimento. Ele poderia ser uma acha de lenha deixada ali, aos pés da senhorita Barrett, pela atenção que o senhor Browning lhe dava. De vez em quando, ele coçava a cabeça de Flush, de um jeito apressado e espasmódico, energeticamente, sem sentimento, ao passar por ele.

Fosse o que fosse que aquela coçada significava, Flush não sentia nada além de um profundo desgosto pelo senhor Browning. A mera visão dele – tão bem-vestido, tão tenso, tão musculoso, revirando as luvas amarelas nas mãos – deixava-o rilhando os dentes. Ah, permitir que se encontrassem completamente, sobre o conteúdo de suas calças! No entanto, ele não se atrevia.

Tudo considerado, aquele inverno – 1845-46 – foi o mais estressante que Flush já conhecera.

O inverno passou; a primavera voltou. Flush não conseguia ver o fim do caso amoroso e, no entanto, assim como um rio, que reflete árvores imóveis, vacas pastando e gralhas voltando à copa das árvores, mas segue inevitavelmente para uma queda-d'água, também aqueles dias, Flush sabia, seguiam para uma catástrofe.

Rumores de mudança pairavam no ar. Às vezes, ele pensava que algum amplo êxodo era iminente. Havia na casa aquela agitação indefinível que precede – seria possível? – uma viagem. Caixas foram realmente espanadas, foram, por incrível que pareça, abertas. Depois, foram fechadas outra vez.

Não, não era a família que ia se mudar. Os irmãos e irmãs continuavam a vir e ir como de costume. O senhor Barrett fazia sua visita noturna, depois que o homem tinha ido embora, no horário habitual.

O que, então, ia acontecer? Pois, conforme o verão de 1846 avançava, Flush tinha certeza de que uma mudança estava por vir. Ele conseguia escutar isso no som alterado das vozes eternas.

A voz da senhorita Barrett, que estivera suplicante e temerosa, perdera o tom hesitante. Soava agora com uma determinação e uma ousadia que Flush nunca tinha ouvido antes.

Se pelo menos o senhor Barrett conseguisse ouvir o tom com o qual ela recebia o usurpador, a risada com que o cumprimentava, a exclamação com a qual ele tomava a mão dela nas dele! Mas ninguém estava no quarto com eles, exceto Flush. Para ele, a mudança era da natureza mais irritante. Não era meramente que a senhorita Barrett estava mudando em relação ao senhor Browning – ela estava mudando em todas as relações. Todos os seus sentimentos estavam mudando em relação ao próprio Flush.

Ela respondia aos avanços dele mais bruscamente; ela interrompia, risonha, os carinhos dele; fazia-o sentir que havia algo de trivial, tolo, afetado, nos antigos modos afetuosos dele. A vaidade dele foi exacerbada. O ciúme dele foi inflamado.

Finalmente, quando julho chegou, ele decidiu fazer uma tentativa desesperada de reconquistar a predileção dela – e talvez de expulsar o recém-chegado. Como cumprir esse duplo objetivo, ele não sabia nem podia planejar.

Mas, de repente, em 8 de julho, seus sentimentos o derrotaram. Ele se lançou contra o senhor Browning e o mordeu barbaramente. Por fim, seus dentes se cravaram no tecido imaculado das calças do senhor Browning! O membro lá dentro era duro como ferro – a perna do senhor Kenyon tinha sido manteiga, em comparação.

O senhor Browning o espantou com um gesto da mão e continuou conversando. Nem ele nem a senhorita Barrett pareceram atinar que o ataque era digno de atenção. Completamente frustrado, vencido, sem uma flecha na aljava, Flush afundou de volta nas almofadas, ofegando de raiva e decepção. Mas ele havia julgado mal a percepção dela.

Quando o senhor Browning partiu, ela o chamou para junto de si e infligiu sobre ele o pior castigo que Flush já conhecera. Primeiro, ela lhe deu um tapa nas orelhas – isso não era nada; estranhamente, o tapa até lhe agradou. Ele teria gostado de levar mais um.

Então, ela disse, em seu tom sóbrio e seguro, que jamais voltaria a amá-lo. Essa flecha lhe penetrou o coração. Durante todos aqueles anos, eles haviam vivido juntos, compartilhado tudo, e, agora, por um momento de falha, ela nunca mais o amaria.

Como se para tornar a destituição completa, ela apanhou as flores que o senhor Browning lhe havia trazido e começou a arranjá-las em um vaso com água.

Foi um gesto, Flush pensou, de maldade calculada e deliberada; um gesto para fazê-lo sentir completamente a própria insignificância. "Esta rosa veio dele", ela parecia dizer, "e este cravo. Que o vermelho brilhe ao lado do amarelo, e o amarelo, ao lado do vermelho. E que a folha verde fique aqui…" E, ajeitando uma flor depois da outra, ela recuou para observá-las, como se ele estivesse diante dela – o homem de luvas amarelas, um maço de flores brilhantes. Mas, mesmo assim, mesmo enquanto arrumava as folhas e flores, ela não conseguia ignorar por completo a fixação com que Flush a encarava. Ela não podia negar aquela "expressão de franco desespero na cara dele". Ela não pôde senão ceder.

"Por fim, eu disse: 'Se você for bonzinho, Flush, pode se aproximar e pedir desculpas', diante do que ele cruzou o quarto correndo e, tremendo todo, beijou primeiro uma de minhas mãos e depois a outra, e levantou as patas para ser tocado, e me olhou no rosto com olhos tão suplicantes que você o teria perdoado tal como eu o perdoei."

Esse foi seu relato dos fatos ao senhor Browning; e, é claro, ele respondeu:

"Ah, pobre Flush, você acha que eu não o amo e respeito por essa supervisão ciumenta – a lentidão dele em conhecer outro, como eu tenho conhecido você?" Era bem fácil para o senhor Browning ser magnânimo, mas essa magnanimidade fácil foi talvez o mais afiado dos espinhos pressionados no flanco de Flush. Outro incidente, alguns dias mais tarde, demonstrou quão amplamente eles estavam afastados – eles, que haviam sido tão próximos. Quão pouco Flush podia agora contar com a senhorita Barrett para confortá-lo. Depois que o senhor Browning tinha ido embora, certa tarde, a senhorita Barrett decidiu ir ao Regent's Park com a irmã. Quando saíram pelo portão do parque, a porta do veículo de quatro rodas se fechou sobre a pata de Flush.

Ele "ganiu de modo comovente" e a levantou na direção da senhorita Barrett, em busca de consolo. Em outras épocas, consolo em abundância teria sido derramado sobre ele por muito menos. Mas agora, uma expressão distante, zombeteira, crítica, surgiu nos olhos dela. Ela riu dele. Ela achou que ele estava fingindo: "... Mal tocou a grama, ele começou a correr sem se lembrar de nada", ela escreveu. E comentou, sarcasticamente: "Flush sempre tira o máximo proveito de seus infortúnios – ele é da escola de Byron – *il se pose en victime*". Mas aqui a senhorita Barrett, absorta nas próprias emoções, julgou-o totalmente errado. Mesmo que a pata estivesse quebrada, ele teria saltado.

A corrida era a resposta dele à zombaria dela; estou farto de você – esse era o significado do olhar que lançou a ela, quando saiu correndo. As flores tinham para ele um aroma amargo; a grama queimava suas patas; a terra enchia suas narinas de desilusão. Mas ele correu. Ele galopou. "Cães devem ser conduzidos na guia" – lá estava o aviso de sempre; lá estavam os guardas do parque, com cartolas e cassetetes, para fazer valer a regra. Mas "devem" já não tinha nenhum significado para ele. A corrente do amor fora quebrada.

Ele iria correr para onde quisesse; perseguir perdizes; perseguir *spaniels*; mergulhar no meio dos canteiros de dálias; partir rosas vermelhas e amarelas brilhantes e reluzentes. Que os guardas do parque atirassem os cassetetes, se quisessem. Que lhe esmagassem o cérebro. Que ele caísse morto, estripado, aos pés da senhorita Barrett. Ele não se importava minimamente. Mas, é claro, nada do tipo aconteceu. Ninguém o perseguiu, ninguém o percebeu. O solitário guarda do parque estava conversando com uma ama-seca. Por fim, Flush voltou para a senhorita Barrett, e ela, distraidamente, deslizou a guia sobre o pescoço dele e o levou para casa.

Depois de duas humilhações assim, o espírito de um cão comum, o espírito até de um ser humano comum, bem poderia ter-se partido. Mas Flush, apesar de toda a suavidade e maciez, tinha olhos que queimavam; tinha paixões que saltavam não meramente nas chamas brilhantes, mas submergiam e fumegavam. Ele resolveu encontrar seu inimigo cara a cara e a sós. Nenhum terceiro deveria interromper aquele embate final. Ele deveria ser resolvido pelos próprios protagonistas. Na tarde da terça-feira, 21 de julho, portanto, ele se esgueirou para baixo e esperou no vestíbulo. Não precisou esperar muito. Logo ouviu o ruído dos passos familiares na rua; ele ouviu a batida familiar à porta. Fizeram entrar o senhor Browning. Vagamente ciente do ataque iminente e determinado a lidar com ele no mais conciliador dos espíritos, o senhor Browning viera munido de um pacote de bolos. Lá estava Flush esperando no vestíbulo. O senhor Browning fez, evidentemente, alguma tentativa bem-intencionada de o afagar; talvez ele tenha chegado ao ponto de lhe oferecer um bolo. O gesto bastou. Flush saltou sobre o inimigo com uma violência sem paralelo. Seus dentes mais uma vez se encontraram nas calças do senhor Browning. Mas infelizmente, no calor do momento, ele se esqueceu do mais essencial – silêncio. Ele latiu. Ele se lançou sobre o senhor Browning latindo alto. O som bastou para alarmar a casa toda. Wilson desceu correndo. Wilson o sovou firmemente. Wilson o derrotou completamente. Wilson o levou embora em ignomínia. De ignomínia se tratava – ter atacado o senhor Browning, ter sido surrado por Wilson. O senhor Browning não levantara um dedo. Levando junto os bolos, o senhor Browning avançou ileso, impassível, em perfeita compostura, escada acima, sozinho rumo ao quarto. Flush foi levado embora.

Após duas horas e meia de um confinamento miserável com papagaios e besouros, samambaias e panelas na cozinha, Flush foi levado à presença da senhorita Barrett. Ela estava deitada no sofá, com sua irmã Arabella ao lado. Consciente da justiça de seu caso, Flush foi direto até ela. Mas ela se recusou a olhar para ele.

Ele se virou para Arabella. Ela meramente disse: "Flush feio, sai". Wilson estava lá – a formidável, implacável Wilson. Era a ela que a senhorita Barrett recorria, para obter informação. Ela o havia sovado. Wilson disse: "Porque era o certo".

E, acrescentou, havia batido nele apenas com a mão. Foi com base no depoimento dela que Flush foi condenado. O ataque, a senhorita Barrett presumiu, não fora provocado; ela creditava ao senhor Browning toda a virtude, toda a generosidade; Flush fora surrado por uma criada, sem um chicote, porque "era o certo". Nada mais havia a ser dito.

A senhorita Barrett decidiu contra ele.

"Então ele se deitou no chão aos meus pés, ela escreveu, olhando para mim por baixo das sobrancelhas". Mas, embora Flush estivesse olhando, a senhorita Barrett se recusava até a olhar de volta.

Lá estava ela, deitada no sofá; lá estava Flush, deitado no chão.

E, enquanto estava deitado ali, exilado no tapete, ele entrou em um desses rodamoinhos de emoções tumultuosas em que a alma ou é atirada contra as rochas e estilhaçada, ou, encontrando uma moita onde apoiar o pé, lenta e trabalhosamente se puxa para cima, alcança terra seca e, por fim, emerge no topo de um universo arruinado, para observar um mundo criado mais uma vez em um plano diferente.

O que haveria de ser: destruição ou reconstrução?

Essa era a pergunta.

Apenas os contornos do dilema dele podem ser delineados aqui; pois seu debate era silencioso.

E por que havia falhado?, ele se questionava. Porque amava a senhorita Barrett. Olhando para ela por baixo das sobrancelhas, enquanto ela permanecia deitada, severa e silenciosa no sofá, ele soube que a amaria para sempre. Mas as coisas não são simples, são complexas. Se ele mordia o senhor Browning, mordia-a também. Ódio não é ódio; ódio também é amor. Aqui, Flush sacudiu as orelhas, em uma agonia de perplexidade. Remexeu-se no chão, incomodado. O senhor Browning era a senhorita Barrett – a senhorita Barrett era o senhor Browning; o amor é ódio e ódio é amor. Ele se espreguiçou, choramingou e levantou a cabeça do chão. O relógio bateu as oito horas. Por mais de três horas, ele estivera deitado ali, sendo jogado de um dilema para o outro.

Até a senhorita Barrett, severa, fria, implacável como era, pousou a caneta. "Flush danado!", ela estivera escrevendo ao senhor Browning, "... se pessoas como Flush escolhem se comportar como cães selvagens, devem de fato sofrer as consequências, como os cães em geral sofrem! E VOCÊ, tão bom e gentil com ele! Qualquer um, exceto VOCÊ, teria dito 'palavras feias', no mínimo". Realmente seria uma boa providência, ela pensou, comprar uma focinheira. Então ela levantou os olhos e viu Flush. Algo atípico no olhar dele deve tê-la impactado. Ela parou. Ela pousou a caneta. Uma vez ele a havia animado com um beijo, e ela havia pensado que Flush era Pã. Ele comera galinha e pudim de arroz mergulhado em creme. Ele abrira mão do sol por ela. Ela o chamou para si e disse que o perdoava.

Mas ser perdoado, como se por um capricho passageiro, ser aceito de volta no sofá como se ele não tivesse aprendido nada durante a angústia no chão, como se ele fosse o mesmo cachorro, quando de fato era totalmente diferente, era impossível. Por ora, exausto como estava, Flush se submeteu. Alguns dias depois, porém, uma cena notável ocorreu entre ele e a senhorita Barrett, que demonstrou a profundidade de suas emoções. O senhor Browning tinha vindo e ido; Flush estava sozinho com a senhorita Barrett. Normalmente, ele teria pulado para o sofá aos pés dela. Mas agora, em vez de saltar como sempre e reivindicar os carinhos dela, Flush foi até o que agora era chamado de "a poltrona do senhor Browning". Normalmente, a cadeira lhe era detestável; preservava ainda o formato de seu inimigo. Mas agora, tal era a batalha que ele havia vencido, tal era a tolerância que o preenchia, que não apenas ele olhou para a cadeira, mas, enquanto a olhava, "entrou subitamente em êxtase". A senhorita Barrett, observando-o intensamente, percebeu esse portento extraordinário. Em seguida, ela o viu virar os olhos na direção de uma mesa. Naquela mesa restava ainda o pacote de bolos do senhor Browning. Ele "me recordou que os bolos que você deixou estavam sobre a mesa". Eram agora bolos velhos, bolos estragados, bolos desprovidos de qualquer sedução carnal. A intenção de Flush era óbvia. Ele se recusara a comer os bolos quando estavam frescos, porque tinham sido oferecidos por um inimigo. Ele os comeria agora que estavam estragados, porque tinham sido oferecidos por um inimigo transformado em amigo, porque eram símbolos de ódio transformado em amor. Sim, ele indicou, ele os comeria agora. Então a senhorita Barrett se levantou e pôs os bolos na mão. Enquanto os oferecia a ele, ela o repreendeu: "Então, expliquei a ele que VOCÊ os tinha trazido para ele, e que ele deveria sentir-se devidamente envergonhado, portanto, pela crueldade de antes, e tomar a decisão de amar você e não o morder no futuro – e ele teve permissão para se beneficiar de sua bondade para com ele". Enquanto engolia as lascas murchas daquele doce desagradável – estava embolorado, estava deteriorado, estava azedo –, Flush solenemente repetiu no próprio idioma as palavras que ela usara – ele jurou amar o senhor Browning e não o morder no futuro.

Ele foi imediatamente recompensado – não com bolos estragados, não com asas de galinha, não com os carinhos que agora lhe pertenciam, nem com a permissão de se deitar mais uma vez no sofá aos pés da senhorita Barrett.

Ele foi recompensado espiritualmente; no entanto, os efeitos foram curiosamente físicos. Como uma barra de ferro corroendo, corrompendo e matando toda a vida debaixo dela, o ódio havia se abatido durante todos esses meses sobre sua alma. Agora, por meio de afiadas lâminas cortantes e cirurgia dolorosa, o ferro fora extirpado.

Agora, o sangue fluía outra vez; os nervos brotavam e formigavam; carne se formava; a natureza se alegrava, como na primavera.

Flush ouvia os pássaros cantando de novo; ele sentia as folhas crescendo nas árvores; deitado no sofá aos pés da senhorita Barrett, glória e deleite corriam em suas veias. Ele estava com eles, não contra eles, agora; as esperanças, os desejos e os anseios deles eram dele. Flush poderia ter latido por solidariedade à senhorita Barrett, agora.

As palavras curtas, penetrantes, eriçaram os pelos de sua nuca. "Preciso de uma semana de terças-feiras", o senhor Browning dissera, "depois um mês, um ano, uma vida!". Eu, Flush o ecoou, preciso de um mês, um ano, uma vida! Eu preciso de todas as coisas de que vocês dois precisam. Somos os três conspiradores no mais glorioso dos casos. Estamos unidos na solidariedade. Estamos unidos no ódio. Estamos unidos em desafio à tirania sombria e opressora. Estamos unidos no amor. Em resumo, todas as esperanças de Flush repousavam agora sobre um triunfo vagamente apreendido, mas nem por isso menos verdadeiro, sobre uma vitória gloriosa que haveria de ser compartilhada entre eles, quando, de repente, sem uma palavra de aviso, no centro da cidade, em meio à segurança e à amizade – ele estava em uma loja na Vere Street com a senhorita Barrett e a irmã dela: era a manhã de terça-feira, 1º de setembro –, Flush foi derrubado de cabeça na escuridão. As portas de um calabouço se fecharam sobre ele. Ele foi roubado[1].

1 "Ele foi roubado". Na verdade, Flush foi roubado três vezes; mas as unidades parecem exigir que os três roubos sejam comprimidos em um. A soma total paga pela senhorita Barrett aos ladrões de cachorro foi £ 20. (N.A.)

Whitechapel

"Esta manhã, Arabel e eu, e ele conosco", a senhorita Barrett escreveu, "fomos de táxi à Vere Street, onde tínhamos pequenos assuntos, e ele nos seguiu, como de costume, para dentro da loja e para fora outra vez, e estava nos meus calcanhares quando subi na carruagem. Quando me virei, disse: 'Flush' e Arabel olhou ao redor procurando Flush – pois Flush não estava lá. Ele tinha sido suspenso naquele momento, de SOB as rodas, você compreende?".

O senhor Browning compreendia perfeitamente bem. A senhorita Barrett havia se esquecido da guia; portanto, Flush fora roubado. Essa, no ano de 1846, era a lei em Wimpole Street e adjacências.

Nada, é verdade, poderia exceder os aparentes resguardo e segurança da Wimpole Street em si. Na medida em que um inválido pudesse andar ou uma cadeira de banho pudesse rodar, nada encontravam os olhos além de uma paisagem agradável de casas de quatro andares, janelas com painéis de vidro e portas de mogno. Mesmo uma carruagem de parelha, durante um passeio vespertino, não precisava, se o cocheiro fosse discreto, ultrapassar os limites do decoro e da respeitabilidade.

Mas, se você não fosse um inválido, se não possuísse uma carruagem de parelha, se você fosse – e muitas pessoas eram – ativo, fisicamente capaz e fã de caminhadas, então poderia ver vistas, ouvir línguas e cheirar odores, a pouca distância de Wimpole Street, que lançavam dúvidas sobre o resguardo até da própria Wimpole Street.

Foi o que descobriu o senhor Thomas Beames, quando, por essa época, pôs na cabeça dar um passeio a pé por Londres. Ele ficou surpreso; de fato, ficou chocado. Edifícios esplêndidos se elevavam em Westminster; no entanto, logo atrás deles, havia galpões arruinados, nos quais seres humanos viviam juntos, em manadas, acima de manadas de vacas – "dois a cada dois metros". Ele sentiu que precisava contar às pessoas o que havia visto.

No entanto, como se poderia descrever educadamente um quarto em que duas ou três famílias moravam acima de um galpão de gado, quando o galpão de gado não tinha ventilação, quando as vacas eram ordenhadas, abatidas e comidas abaixo do dormitório? Essa era uma missão que, como constatou o senhor Beames ao tentar, sobrecarregava todos os recursos da língua inglesa.

E, apesar disso, ele sentiu que precisava descrever o que vira no curso de uma tarde de passeio por algumas das mais aristocráticas paróquias de Londres. O risco do tifo era muito grande. Os ricos não podiam estar cientes dos riscos que corriam. Ele não conseguiu segurar de todo a língua, quando descobriu o que descobriu em Westminster, Paddington e Marylebone.

Por exemplo, cá estava uma antiga mansão, anteriormente propriedade de algum destacado nobre. Ruínas de lareiras de mármore perduravam. Os dormitórios eram revestidos de painéis de madeira e os corrimãos eram entalhados; apesar disso, os pisos estavam podres, das paredes gotejava imundície; hordas de homens e mulheres seminus haviam se alojado nos velhos salões de banquete.

Então ele seguiu caminho. Aqui, um construtor empreendedor havia derrubado a antiga mansão da família. Ele fizera subir em seu lugar um prédio de aluguel caindo aos pedaços. A chuva pingava através do telhado e o vento soprava através das paredes. Ele viu uma criança mergulhando uma lata em um riacho verde-brilhante e perguntou se eles bebiam daquela água.

Sim, e se lavavam nela também, pois o proprietário só permitia que a água fosse ligada duas vezes por semana.

Tais visões foram as mais surpreendentes, porque uma pessoa poderia topar com elas nos bairros mais tranquilos e civilizados de Londres – "as mais aristocráticas paróquias têm seu quinhão".

Atrás do dormitório da senhorita Barrett, por exemplo, ficava um dos piores cortiços de Londres. Misturada àquela respeitabilidade, havia essa imundície.

Mas existiam certas áreas, claro, que havia muito tinham sido cedidas aos pobres e eram deixadas em paz. Em Whitechapel ou em um espaço triangular de terreno na parte de baixo da Tottenham Court Road, a pobreza, a depravação e a miséria se propagaram por séculos sem interferência.

Uma massa densa de construções velhas em St. Giles's "por pouco não era um assentamento penal, uma metrópole indigente em si".

Bem convenientemente, onde os pobres se aglomeravam assim, o assentamento era chamado de cortiço. Pois lá seres humanos se apinhavam por cima uns dos outros, como gralhas se aglomeram e escurecem a copa das árvores.

Só que os edifícios aqui não eram árvores; mal ainda eram edifícios. Eram células de tijolo divididas por passagens entupidas de lixo.

Durante todo o dia, as passagens zumbiam com seres humanos semivestidos; à noite, elas despejavam de volta para fora o fluxo de ladrões, mendigos e prostitutas que exerciam seus ofícios no West End.

A polícia nada podia fazer. Nenhum transeunte podia fazer nada, exceto atravessar correndo o mais depressa que conseguisse e, talvez, soltar uma insinuação, como fez o senhor Beames, com muitas aspas, evasivas e eufemismos, de que nem tudo era como deveria ser.

A cólera surgiria, e talvez a insinuação que a cólera daria não fosse tão evasiva.

Mas, no verão de 1846, essa insinuação ainda não fora feita, e a única conduta segura para aqueles que moravam na Wimpole Street e adjacências era manter-se estritamente dentro dos limites da área respeitável e levar o cão sempre na guia. Se uma pessoa se esquecesse, como a senhorita Barrett se esqueceu, pagaria o preço, como ela agora pagava. Os termos sob os quais Wimpole Street vivia lado a lado com St. Giles's estavam bem estabelecidos: St. Giles's roubava o que conseguisse; Wimpole Street pagava o que precisasse.

Assim, Arabel imediatamente "começou a me consolar, mostrando como era certo que eu poderia recuperá-lo por dez libras, no máximo". Dez libras, estimou-se, era aproximadamente o preço que o senhor Taylor pediria por um *cocker spaniel.* O senhor Taylor era o chefe da gangue. Assim que uma dama de Wimpole Street perdia seu cão, ela ia até o senhor Taylor; ele informava o valor e o pagamento era feito; do contrário, um pacote de papel pardo era entregue em Wimpole Street alguns dias depois, contendo a cabeça e as patas do cão. Essa, pelo menos, tinha sido a experiência de uma senhora da vizinhança, que tentara negociar com o senhor Taylor.

Mas a senhorita Barrett, é claro, pretendia pagar. Portanto, quando chegou em casa, contou a seu irmão Henry, e Henry foi ver o senhor Taylor naquela mesma tarde. Ele o encontrou "fumando um charuto em uma sala com quadros" – dizia-se que o senhor Taylor tinha uma renda de duas ou três mil libras ao ano, apenas com os cães de Wimpole Street – e o senhor Taylor prometeu confabular com sua "Sociedade" e garantiu que o cão seria devolvido no dia seguinte.

Por mais vexatórias que fossem essas circunstâncias, e especialmente irritantes num momento em que a senhorita Barrett precisava de todo o dinheiro que possuía, tais eram as consequências inevitáveis de, em 1846, esquecer-se de manter o cão na guia.

Mas, para Flush, as coisas foram bem diferentes. Flush, a senhorita Barrett refletiu, "não sabe que podemos resgatá-lo"; Flush nunca dominara os princípios da sociedade humana. "Durante toda esta noite ele vai uivar e lamentar, eu sei perfeitamente", escreveu ela ao senhor Browning na tarde da terça-feira, 1º de setembro.

Porém, enquanto a senhorita Barrett escrevia para o senhor Browning, Flush estava passando pela experiência mais terrível de sua vida. Ele estava completamente aturdido.

Em um momento, encontrava-se na Vere Street, entre fitas e rendas; no seguinte, foi enfiado às pressas dentro de uma sacola, sacudido rapidamente pelas ruas e, por fim, arremessado – ali.

Ele se viu na mais completa escuridão. Sentiu o frio e a umidade. Quando a tontura passou, começou a distinguir algumas formas em um quarto baixo e escuro – cadeiras quebradas, um colchão caído.

Então, foi agarrado e amarrado com força pela perna a um objeto. Algo se movia no chão – se era um animal ou um ser humano, ele não sabia dizer. Botinas grandes e saias enlameadas entravam e saíam do aposento. Moscas zuniam sobre restos de carne velha apodrecendo no chão. Crianças rastejavam dos cantos escuros e beliscavam suas orelhas.

Ele gemeu, e uma mão pesada o golpeou na cabeça. Encolheu-se no espaço exíguo de tijolo úmido contra a parede.

Agora, conseguia ver que o chão estava cheio de animais de diferentes tipos. Cachorros disputavam um osso purulento entre si. Suas costelas saltavam sob o pelo – estavam famintos, sujos, doentes, despenteados, sem nenhum cuidado.

No entanto, todos eles, Flush percebeu, eram cães de nobres raças, cães de guia, cães de boa linhagem, como ele mesmo.

Ele ficou deitado, sem se atrever a choramingar, durante horas e horas. A sede era o pior sofrimento, mas um gole da água espessa e esverdeada que havia em um balde próximo o enojara; ele preferiria morrer a beber mais um. No entanto, um galgo majestoso bebia avidamente.

Toda vez que a porta era aberta com um chute, ele olhava para cima. A senhorita Barrett – seria a senhorita Barrett? Ela teria vindo, por fim? Mas era apenas um rufião cabeludo, que os chutava para os lados e tombava sobre uma cadeira quebrada, na qual se largava.

Então, gradualmente, a escuridão se adensou. Ele mal conseguia discernir que formas eram aquelas no chão, no colchão, nas cadeiras quebradas. Havia um toco de vela preso ao parapeito da lareira. Uma chama ardia na sarjeta lá fora. Pela claridade tosca e tremeluzente, Flush conseguia ver rostos terríveis passando do lado de fora, olhando de esguelha pela janela.

Então, eles entraram, até que o pequeno quarto ficou tão lotado que ele precisou recuar e se encolher ainda mais contra a parede. Aqueles monstros horríveis – alguns maltrapilhos, outros cintilando com tintas e plumas – se agacharam no chão e se curvaram sobre a mesa.

Eles começaram a beber, a xingar e a se golpear mutuamente. Das sacolas jogadas no chão, saíram mais cachorros – cães de companhia, *setters*, *pointers* ainda com as coleiras postas – e uma cacatua gigante, que se debateu e voou de um canto ao outro, gritando "Poll bonita! Poll bonita!", com um sotaque que teria horrorizado sua dona, uma viúva de Maida Vale.

Então, as bolsas das mulheres foram abertas, e para fora foram despejados sobre a mesa braceletes, anéis e broches como aqueles que Flush já vira a senhorita Barrett e a senhorita Henrietta usarem. Os demônios os seguravam e agarravam, praguejavam e discutiam por causa deles.

Os cães latiam. As crianças gritavam. E a esplêndida cacatua – uma ave como Flush tantas vezes vira pendurada a uma janela de Wimpole Street – gritava "Poll bonita! Poll bonita!", cada vez mais rápido, até que um chinelo foi atirado contra ela. A ave bateu em frenesi as grandes asas amarelas com manchas cinza.

Então a vela se inclinou e caiu. O quarto ficou escuro.

Ficava cada vez mais quente; o cheiro e o calor eram intoleráveis; o nariz de Flush ardia; seus pelos se eriçavam. E a senhorita Barrett ainda não vinha.

A senhorita Barrett estava no sofá em Wimpole Street. Ela estava aborrecida, estava preocupada, mas não estava seriamente alarmada. Claro que Flush sofreria; ele ganiria e latiria a noite toda. Mas era apenas uma questão de poucas horas. O senhor Taylor havia dado seu preço; ela pagaria e Flush seria devolvido.

A manhã da quarta-feira, 2 de setembro, chegou aos cortiços de Whitechapel. As janelas partidas gradualmente ficaram manchadas de cinza. A luz caiu sobre os rostos cabeludos dos rufiões esparramados pelo chão.

Flush despertou de um transe que havia velado seus olhos e, mais uma vez, percebeu a verdade.

Essa era agora a verdade – esse quarto, esses rufiões, esses gemidos, estalos, cães amarrados firmemente, essa escuridão, essa umidade.

Poderia ser verdade que ele estivera em uma loja, com senhoras, entre fitas, tão recentemente quanto ontem?

Existia mesmo um lugar como Wimpole Street?

Havia um quarto com água fresca servida em um jarro púrpura?

Havia ele se deitado sobre almofadas?

Havia ganhado uma asa de galinha finamente tostada?

Havia ele se rasgado de raiva e ciúme e mordido um homem de luvas amarelas?

Toda aquela vida e suas emoções flutuaram para longe, dissolvidas, tornaram-se irreais.

Aqui, enquanto a luz baça se infiltrava, uma mulher se ergueu de um estrado e cambaleou para buscar cerveja. As bebedeiras e os xingamentos recomeçaram. Uma mulher gorda o suspendeu pelas orelhas, beliscou suas costelas, e alguma piada odiosa foi feita sobre ele – houve um rugido de risadas quando ela o jogou de volta ao chão.

A porta foi aberta com um chute e batida com força. Sempre que isso acontecia, ele olhava para cima. Seria Wilson? Poderia ser o senhor Browning? Ou a senhorita Barrett? Mas não – era só mais um ladrão, outro assassino. Ele se encolhia à mera visão daquelas saias enlameadas, daquelas botinas duras e grosseiras.

Uma vez, tentou roer um osso lançado em sua direção. Mas seus dentes não conseguiram se fechar sobre a carne empedrada, e o cheiro rançoso o enojou. A sede aumentou, e ele foi forçado a lamber um pouco da água verde que havia se derramado do balde.

Conforme a quarta-feira transcorria e ele ficava cada vez mais acalorado, mais sedento e ainda mais dolorido, deitado sobre as tábuas quebradas, tudo começou a se fundir em uma única sensação. Ele mal notava o que acontecia. Apenas quando a porta se abria, levantava a cabeça. Mas não, não era a senhorita Barrett.

A senhorita Barrett, deitada no sofá em Wimpole Street, começava a ficar ansiosa. Havia algo errado no processo. O senhor Taylor prometera descer a Whitechapel para confabular com "a Sociedade". No entanto, a tarde e a noite de quarta passaram, e Taylor ainda não viera.

Isso só poderia significar, ela presumiu, que o preço iria subir – o que era mais do que inconveniente, naquele momento. Mesmo assim, claro, ela teria de pagar.

"Preciso ter meu Flush, você sabe", ela escreveu para o senhor Browning. "Não posso correr o risco de barganhar e pechinchar."

Então, permaneceu no sofá, escrevendo para o senhor Browning e atenta à batida à porta. Mas foi Wilson quem subiu com as cartas. Wilson subiu com a água quente.

Era hora de dormir, e Flush ainda não tinha voltado.

Quinta-feira, 3 de setembro, nasceu em Whitechapel.

A porta se abriu e fechou. O *setter* irlandês, que gemera a noite toda ao lado de Flush no chão, foi apanhado por um rufião de colete de fustão – rumo a que destino?

Era melhor ser morto ou ficar ali? O que era pior – esta vida ou aquela morte?

A algazarra, a fome, a sede, os cheiros fétidos do lugar – e pensar que, no passado, Flush detestara o aroma de água de colônia – estavam quase obliterando qualquer imagem nítida, qualquer desejo singular. Fragmentos de velhas recordações começaram a girar em sua cabeça. Aquela era a voz do velho doutor Mitford, gritando no campo? Aquela era Kerenhappock, fofocando com o padeiro à porta? Houve uma agitação no quarto, e ele pensou ouvir a senhorita Mitford amarrar um maço de gerânios. Mas era apenas o vento – pois o dia estava tempestuoso – batendo no papel pardo da janela quebrada. Eram só vozes bêbadas delirando na sarjeta. Era só a bruxa velha no canto, resmungando sem parar enquanto fritava um arenque em uma frigideira sobre o fogo. Ele fora esquecido e abandonado. Nenhuma ajuda viria. Nenhuma voz se dirigia a ele. Os papagaios gritavam "Poll bonita, Poll bonita", e os canários continuavam com seus gorjeios e chilreios sem sentido.

Então, mais uma vez, a noite escureceu o quarto; a vela foi enfiada no suporte; a luz fraca brilhava lá fora; hordas de homens sinistros, com sacos às costas, de mulheres espalhafatosas com os rostos pintados, começaram a passar pela porta e a se jogar sobre as camas e mesas quebradas. Mais uma noite havia lançado seu negrume sobre Whitechapel. E a chuva pingava constantemente através de um buraco no teto e gotejava em um balde posto ali para isso. A senhorita Barrett não tinha vindo.

Amanheceu a quinta-feira em Wimpole Street. Não havia sinal de Flush – nenhum recado de Taylor. A senhorita

Barrett estava muito alarmada. Ela fez perguntas. Chamou o irmão Henry e o interrogou. Descobriu que ele a enganara. "O arquivilão" Taylor tinha vindo, conforme prometera, na noite anterior. Comunicara suas condições – seis guinéus para a Sociedade e meio guinéu para si mesmo. Mas Henry, em vez de contar a ela, havia contado ao senhor Barrett, com o resultado, claro, de que o senhor Barrett lhe ordenara que não pagasse e ocultasse a visita da irmã.

A senhorita Barrett ficou "muito irritada e zangada". Pediu ao irmão que fosse imediatamente até o senhor Taylor e pagasse o valor. Henry se recusou e "falou de Papai". Mas de nada adiantaria falar de Papai, ela protestou. Enquanto eles falavam de Papai, Flush poderia ser morto.

Ela tomou uma decisão. Se Henry não fosse, ela iria pessoalmente: "... se as pessoas não fizerem conforme resolvi, eu descerei amanhã de manhã e trarei Flush de volta comigo", escreveu ao senhor Browning.

Mas a senhorita Barrett descobriu que dizer isso era muito mais fácil do que fazer. Era quase tão difícil para ela ir até Flush quanto era para Flush ir até ela.

Toda a Wimpole Street ficou contra ela.

A notícia de que Flush fora roubado e de que Taylor exigia um resgate agora era de conhecimento público. Wimpole Street estava decidida a firmar posição contra Whitechapel.

O cego senhor Boyd mandou dizer que, em sua opinião, seria "um pecado terrível" pagar o resgate.

O pai e o irmão estavam no grupo contra ela e eram capazes de qualquer traição, no interesse de sua classe.

Mas o pior de tudo – muito pior – foi que o próprio senhor Browning lançou todo o seu peso, toda a sua eloquência, todo o seu saber, toda a sua lógica, em favor de Wimpole Street e contra Flush.

Se a senhorita Barrett cedesse a Taylor, ele escreveu, estaria cedendo à tirania; estaria cedendo a chantagistas; estaria aumentando o poder do erro sobre o acerto, da maldade sobre a inocência.

Se ela atendesse à exigência de Taylor, "... como se sairão os donos pobres, que não têm dinheiro para resgatar os próprios cães?".

A imaginação dele se incendiou; ele imaginou o que diria, se Taylor lhe pedisse nem que fossem cinco xelins. Ele diria:

"VOCÊ é responsável pela conduta da sua gangue, e VOCÊ eu sei quem é – não me venha com bobagens sobre decepar cabeças ou patas. Saiba que, tão certo quanto eu estar aqui lhe dizendo isto, dedicarei o resto da vida a derrubá-lo, a peste que você declara ser – e por todos os meios imagináveis eu serei seu fim e o de tantos de seus comparsas quantos eu puder descobrir – mas VOCÊ eu descobri e nunca perderei de vista...".

Assim o senhor Browning teria respondido a Taylor, se tivesse tido a boa sorte de conhecer o cavalheiro.

"Porque, de fato", ele prosseguiu, alcançando o correio tardio com uma segunda carta, naquela mesma tarde de quinta-feira, "... é horrível imaginar como todos os opressores, em seus variados tipos, poderiam, se quisessem, puxar para si, pelas cordas do coração, de diversas maneiras, os fracos e os calados, cujos segredos eles tivessem descoberto".

Ele não culpava a senhorita Barrett – nada que ela fizesse poderia ser diferente de perfeitamente certo, perfeitamente aceitável para ele.

Mesmo assim, ele continuou, na manhã de sexta-feira: "Penso ser uma fraqueza lamentável...".

Se ela encorajasse Taylor, que roubava cachorros, também encorajaria o senhor Barnard Gregory, que roubava reputações. Indiretamente, ela seria responsável por todos os miseráveis que cortavam a própria garganta ou fugiam do país porque um chantagista como Barnard Gregory fazia uma lista e destruía o caráter das pessoas.

"Mas por que escrever esta fiada de truísmos sobre a coisa mais óbvia do mundo?"

Assim o senhor Browning espumava e vociferava de New Cross, duas vezes ao dia.

Deitada no sofá, a senhorita Barrett lia as cartas. Quão fácil teria sido renunciar – quão simples teria sido dizer: "Sua boa opinião é mais valiosa para mim do que cem *cocker spaniels*". Quão fácil teria sido afundar de volta nos travesseiros e suspirar: "Eu sou uma mulher fraca; não sei nada sobre lei e justiça; decidam por mim".

Ela precisava apenas recusar-se a pagar o resgate; precisava apenas desafiar Taylor e sua Sociedade. E, se Flush fosse morto, se o temido pacote chegasse e ela o abrisse para encontrar ali a cabeça e as patas dele, Robert Browning estaria a seu lado, garantindo-lhe que fizera a coisa certa e conquistara o respeito dele. Mas a senhorita Barrett não era de se deixar intimidar.

A senhorita Barrett tomou a pena e refutou Robert Browning. Estava tudo muito bem, disse ela, citando Donne; mencionar o caso de Gregory; inventar respostas espirituosas ao senhor Taylor – ela teria feito o mesmo, se Taylor a tivesse atacado; se Gregory a difamasse – o que eles receberiam! Mas o que o senhor Browning teria feito se os bandidos tivessem roubado a ela; se a tivessem em seu poder; se ameaçassem cortar suas orelhas e enviá-las por correio para New Cross?

Fosse o que fosse que ele teria feito, ela estava decidida. Flush estava desamparado. Seu dever era para com ele. "Mas

Flush, o pobre Flush, que me amou tão fielmente; tenho eu o direito de sacrificá-lo em sua inocência, em nome da culpa de um senhor Taylor qualquer do mundo?"

Independentemente do que o senhor Browning dissesse, ela ia resgatar Flush, mesmo que tivesse de descer à garganta de Whitechapel para buscá-lo, mesmo que Robert Browning a desprezasse por isso.

No sábado, portanto, com a carta do senhor Browning aberta sobre a mesa diante dela, ela começou a se vestir. Ela havia lido, dele: "Uma palavra mais – em tudo isso, eu trabalho contra a política execrável dos maridos, pais, irmãos e dominadores do mundo em geral".

Assim, se fosse a Whitechapel, tomaria partido contra Robert Browning e a favor de pais, irmãos e dominadores em geral. Ainda assim, continuou a se vestir. Um cão uivou na rua. Estava amarrado, vulnerável ao poder de homens cruéis. Pareceu a ela que chorava, enquanto uivava: "Pense em Flush". Ela calçou os sapatos, vestiu o casaco, pôs o chapéu. Olhou de relance, mais uma vez, para a carta do senhor Browning. "Estou prestes a me casar com você", leu. O cão continuava a uivar. Ela saiu do quarto e desceu a escada.

Henry Barrett a encontrou e lhe disse que, em sua opinião, ela poderia bem ser roubada e assassinada, se fizesse o que ameaçava fazer. Ela disse a Wilson que chamasse um táxi. Toda trêmula, mas submissa, Wilson obedeceu. O táxi chegou. A senhorita Barrett disse a Wilson que embarcasse. Wilson, embora convencida de que a morte a esperava, embarcou. A senhorita Barrett disse ao taxista para dirigir pela Manning Street, Shoreditch. A senhorita Barrett embarcou e o táxi partiu. Logo estavam além das janelas de vidro, das portas de mogno e dos gradis do bairro. Eles estavam em um mundo que a senhorita Barrett jamais vira, jamais intuíra. Eles estavam em um mundo onde vacas eram arrebanhadas sob o piso do dormitório, onde famílias inteiras dormiam em quartos com janelas quebradas; um mundo onde a água é ligada somente duas vezes por semana, um mundo onde a depravação e a pobreza geravam depravação e pobreza. Eles tinham chegado a uma região desconhecida dos taxistas respeitáveis. O táxi parou; o motorista perguntou o caminho em um bar. "Saíram dois ou três homens. 'Ah, você quer encontrar o senhor Taylor, ouso dizer!'." Nesse mundo misterioso, um táxi com duas senhoras só poderia vir com uma missão, e essa missão já era conhecida. Era sinistro ao extremo. Um dos homens correu para dentro de uma casa e saiu dizendo que o senhor Taylor "'não estava em casa! Mas eu não sairia?' Wilson, em um ataque de pânico, implorou que eu nem pensasse em uma coisa dessas". Uma gangue de homens e meninos rodeou o táxi. "Eu não gostaria então de ver a senhora Taylor?", o homem perguntou. A senhorita Barrett não tinha o menor desejo de ver a senhora Taylor; mas agora uma mulher enorme de gorda saía da casa, "gorda o suficiente para não ter tido uma consciência culpada durante toda a vida", e informava à senhorita Barrett que o marido estava fora: "Pode voltar em poucos minutos ou em muitas horas; não gostaria de sair e aguardar?" Wilson puxou o vestido dela. Imagine esperar na casa daquela mulher! Já era ruim o suficiente estarem sentadas dentro do táxi com a gangue de homens e meninos rodeando. Então a senhorita Barret parlamentou de dentro do táxi com a "bandida imensa". Ela disse que o senhor Taylor estava com seu cão; o senhor Taylor prometera devolver seu cão; o senhor Taylor levaria o cão de volta para ela, em Wimpole Street, garantidamente, naquele mesmo dia? "Ah, sim, certamente", disse a mulher gorda, com o mais gracioso dos sorrisos. Ela acreditava que Taylor saíra de casa precisamente por este assunto. E ela inclinou a cabeça para a direita e para a esquerda com a maior naturalidade.

Então, o táxi deu meia-volta e deixou Manning Street, Shoreditch. Wilson opinou que "nós escapamos com vida por pouco". A senhorita Barrett também ficara assustada. "Ficou bem claro que a gangue era forte, ali. A sociedade, os 'finos'... tinham raízes fundas na terra", ela escreveu.

Sua mente fervilhava de pensamentos, seus olhos estavam repletos de imagens.

Isso, então, era o que havia do outro lado de Wimpole Street – aqueles rostos, aquelas casas. Ela havia visto mais enquanto estava sentada no táxi, em frente ao bar, do que nos cinco anos que passara deitada no quarto dos fundos de Wimpole Street.

"As faces daqueles homens!", ela exclamou.

Elas estavam gravadas em sua memória, estimulavam sua imaginação de um modo que as "presenças divinas de mármore", os bustos na estante, jamais haviam feito. Ali viviam mulheres como ela mesma; enquanto ela se deitava no sofá lendo e escrevendo, elas viviam daquela forma.

Mas o táxi já circulava entre casas de quatro andares outra vez. Lá estavam as portas e janelas familiares: a avenida de tijolos bem rejuntados, as maçanetas de bronze, as cortinas impecáveis.

Lá estava o número cinquenta de Wimpole Street.

Wilson saltou para fora – com que alívio por se ver em segurança, pode-se imaginar.

Mas a senhorita Barrett talvez tenha hesitado um instante.

Ela ainda via "as faces daqueles homens". Elas voltariam a surgir diante dela anos mais tarde, quando estivesse sentada em uma sacada ensolarada na Itália. Elas haveriam de inspirar as passagens mais vívidas de *Aurora Leigh*.

Mas agora o mordomo havia aberto a porta, e ela subiu de volta ao quarto.

Sábado foi o quinto dia de prisão de Flush.

Quase exausto, quase desesperançado, ele permanecia deitado em seu canto escuro no chão imundo. Portas batiam e estrondeavam. Vozes ásperas berravam. Mulheres gritavam. Papagaios tagarelavam como tagarelavam com viúvas em Maida Vale, mas agora bruxas velhas apenas os xingavam.

Insetos rastejavam por seu pelo, mas ele estava fraco demais, indiferente demais para se sacudir.

Toda a vida anterior de Flush e suas muitas cenas – Reading, a estufa, a senhorita Mitford, o senhor Kenyon, as estantes de livros, os bustos, os camponeses na cortina – haviam se apagado como flocos de neve dissolvendo-se em um caldeirão.

Se ainda restava nele alguma esperança, era por algo sem nome nem forma; o rosto indefinido de alguém que ele ainda chamava de "senhorita Barrett".

Ela ainda existia. Todo o resto do mundo havia desaparecido, mas ela ainda existia – embora golfos imensos os separassem, tornando quase impossível que ela chegasse até ele.

A escuridão começou a baixar de novo, uma escuridão tão densa que parecia capaz de esmagar sua última esperança – a senhorita Barrett.

Na verdade, as forças de Wimpole Street ainda estavam, mesmo neste último momento, lutando para manter Flush e a senhorita Barrett separados. No sábado à tarde ela se deitou e esperou que Taylor viesse, conforme a mulher imensamente gorda havia prometido. Por fim ele chegou, mas não levava o cão. Ele mandou um recado – que a senhorita Barrett lhe pagasse seis guinéus de imediato, e ele iria diretamente para Whitechapel buscar o cachorro, "por sua palavra de honra". O que valia a palavra de honra do "arquivilão" Taylor a senhorita Barrett não sabia dizer; mas "não havia alternativa"; Flush estava em jogo; ela contou os guinéus e os mandou para baixo, para Taylor, no vestíbulo. Mas quis a má sorte que, enquanto Taylor aguardava no vestíbulo em meio aos guarda-chuvas, às esculturas, ao tapete grosso e outros objetos valiosos, Alfred Barrett tenha entrado. A visão do arquivilão Taylor dentro de casa o fez perder a cabeça. Ele explodiu de raiva. Ele o chamou de "trapaceiro, mentiroso e ladrão". Ato contínuo, o senhor Taylor o xingou de volta. O que foi muito pior, ele jurou que "tal como esperava ser salvo, nós jamais haveríamos de ver nosso cachorro de novo", e saiu correndo da casa. Na manhã seguinte, então, o pacote manchado de sangue iria chegar.

A senhorita Barret se arremessou para dentro das roupas e desceu a escada correndo. Onde estava Wilson? Que ela chamasse um táxi. Ela voltaria a Shoreditch imediatamente. A família veio correndo para impedi-la. Estava ficando escuro. Ela já estava exausta. A aventura já era suficientemente arriscada para um homem saudável. Para ela, era loucura. Assim lhe disseram. Os irmãos, as irmãs, todos a cercaram e ameaçaram e dissuadiram, "gritando comigo por eu ser 'tão louca', obstinada e caprichosa – fui chamada de tantos nomes quanto o senhor Taylor". Mas ela se manteve firme. Por fim, eles perceberam a extensão do desatino dela. Fosse qual fosse o risco, eles tinham de ceder a ela. Septimus prometeu que, se Ba voltasse ao quarto e "ficasse de bom humor", ele iria pessoalmente até Taylor, pagaria o valor e traria de volta o cão.

Assim, o entardecer de 5 de setembro se transformou na escuridão noturna em Whitechapel. A porta do quarto foi mais uma vez aberta aos chutes. Um homem cabeludo tirou Flush do canto pelo cangote. Levantando os olhos para o rosto odioso de seu velho inimigo, Flush não soube se estava sendo levado para ser morto ou para ser libertado. Exceto por uma pálida recordação, ele não se importava. O homem se abaixou. O que aqueles dedos enormes estavam procurando em seu pescoço? Seria uma faca ou uma guia? Tropeçando, meio cego, sobre pernas que tremiam, Flush foi levado para o ar livre.

Em Wimpole Street, a senhorita Barrett não conseguia comer o jantar. Estaria Flush morto ou estaria Flush vivo? Ela não sabia. Às oito horas houve uma batida à porta; era a carta habitual do senhor Browning. Porém, quando a porta se abriu para o recebimento da carta, outra coisa entrou correndo também: Flush. Ele foi diretamente para o jarro púrpura. O jarro foi reabastecido três vezes, e ele continuava tomando água. "Ele não ficou tão entusiasmado ao me ver quanto eu esperava", ela observou. Não, havia uma única coisa no mundo que ele queria – água limpa.

Afinal, a senhorita Barrett apenas vira de relance os rostos daqueles homens e se lembraria deles por toda a vida. Flush, por sua vez, estivera à mercê deles, no meio daquele inferno, por cinco dias inteiros.

Agora, deitado mais uma vez sobre almofadas, a única coisa que parecia ter alguma substância, alguma realidade, era a água fresca. Ele bebeu sem parar. Os velhos deuses do quarto – a estante de livros, o guarda-roupa, os bustos – pareciam ter perdido sua importância. O quarto já não era o seu mundo inteiro; era apenas um refúgio, um abrigo estreito, como um vale coberto por uma folha trêmula de labaça, em meio a uma floresta onde animais selvagens rondavam e cobras venenosas deslizavam sorrateiras; onde, atrás de cada árvore, um assassino espreitava, pronto para atacar.

Enquanto jazia no sofá, zonzo e exausto, aos pés da senhorita Barrett, os uivos dos cães amarrados e os gritos dos pássaros apavorados ainda ecoavam em seus ouvidos. Quando a porta se abria, ele se encolhia, esperando ver surgir um homem cabeludo com uma faca – mas era apenas o senhor Kenyon com um livro, apenas o senhor Browning com suas luvas amarelas.

Agora, porém, Flush se retraía e se afastava do senhor Kenyon e do senhor Browning. Ele não confiava mais neles. Atrás daqueles rostos sorridentes, ele via traição, crueldade e fingimento. Os carinhos deles eram insinceros.

Flush temia até mesmo acompanhar Wilson até a caixa de correio. Não dava um passo sem a guia. E, quando lhe perguntavam: "Pobre Flush, os homens maus levaram você embora?", ele levantava a cabeça e gemia, choroso.

O simples estalar de um chicote fazia-o correr como um raio para o porão, em busca de segurança. Dentro de casa, mantinha-se ainda mais perto da senhorita Barrett. Apenas ela não o havia abandonado. Ele ainda mantinha alguma fé nela. Aos poucos, conforme o tempo passava, um pouco de substância voltava a ela. Exausto, trêmulo, sujo e muito magro, ele se acomodava no sofá, aos pés dela.

Conforme os dias se sucediam e a lembrança de Whitechapel se dissolvia, Flush, deitado ao lado da senhorita

Barrett, passou a ler os sentimentos dela com ainda mais clareza. Eles haviam sido separados; agora estavam juntos. Na verdade, nunca tinham sido tão próximos.

Cada sobressalto dela, cada movimento que fazia, percorria o corpo de Flush como um reflexo. E ela parecia agora estar perpetuamente sobressaltada, inquieta.

A entrega de um pacote a fazia pular. Ela o abria e, com dedos trêmulos, retirava um par de botas quentes. Imediatamente, as escondia em um canto do armário. Depois, deitava-se, como se nada tivesse acontecido. Mas algo havia acontecido.

Quando estavam sozinhos, ela se levantava e retirava um colar de diamantes de uma gaveta. Pegava a caixa onde guardava as cartas do senhor Browning. Então, reunia as botas, o colar e as cartas em uma única caixa forrada e, ao ouvir passos na escada, empurrava-a para debaixo da cama e se deitava apressadamente, cobrindo-se com o xale.

Tais sinais de sigilo e clandestinidade só poderiam indicar, Flush sentia, que uma crise se aproximava. Estariam prestes a fugir juntos? Escapariam daquele mundo horrível de ladrões de cães e tiranos?

Ah, se ao menos isso fosse possível!

Ele tremia e gemia de excitação, mas, em voz baixa, a senhorita Barrett lhe pedia que se calasse – e ele obedecia imediatamente. Ela também estava muito calada. Deitava-se no sofá, completamente imóvel, assim que qualquer um dos irmãos ou irmãs entrava. Permanecia ali, conversando com o senhor Barrett do mesmo modo de sempre.

Mas no sábado, 12 de setembro, a senhorita Barrett fez algo que Flush jamais a vira fazer antes. Logo após o café da manhã, ela se vestiu como se fosse sair para um passeio. Além disso, enquanto a observava vestir-se, Flush soube perfeitamente, pelo olhar dela, que ele não iria junto. Havia um propósito secreto naqueles preparativos.

Às dez horas, Wilson entrou no quarto. Também estava vestida como se fosse passear. As duas saíram juntas, e Flush ficou no sofá, esperando pelo retorno delas.

Cerca de uma hora depois, a senhorita Barrett voltou sozinha. Ela não olhou para ele – parecia não ver nada ao redor. Retirou as luvas e, por um instante, Flush viu uma aliança de ouro reluzindo em um dos dedos de sua mão esquerda. Então, viu-a retirar a aliança e escondê-la na escuridão de uma gaveta. Depois, deitou-se no sofá como sempre fazia.

Flush se acomodou ao lado dela, mal ousando respirar. O que quer que tivesse acontecido – e algo, sem dúvida, havia acontecido – precisava a todo custo ser mantido em segredo.

A qualquer custo, a vida no quarto precisava seguir como de costume. No entanto, tudo estava diferente. Até mesmo o movimento da cortina, ao ser soprada para dentro e para fora, parecia, para Flush, um sinal. E, conforme as luzes e sombras passavam sobre os bustos, também pareciam fazer insinuações, sugerindo algo, como se tivessem conhecimento de uma mudança iminente.

O quarto inteiro parecia consciente da transformação. Estava à espera de um acontecimento.

E, no entanto, tudo permanecia em silêncio; tudo era oculto.

Os irmãos e irmãs vinham e iam como sempre. O senhor Barrett fazia sua visita noturna habitual. Ele parecia o mesmo de sempre ao constatar que as costelas estavam comidas e o vinho, bebido.

A senhorita Barrett falava e ria, sem dar nenhum sinal, diante dos outros, de que escondia algo.

Mas, quando estavam sozinhos, ela puxava a caixa de baixo da cama e a preenchia com pressa, furtivamente, atenta a qualquer ruído enquanto agia. Os sinais de tensão eram evidentes. No domingo, os sinos da igreja começaram a tocar. "Que sinos são esses?", alguém perguntou. "Sinos da Igreja de Marylebone", respondeu a senhorita Henrietta. Flush viu a senhorita Barrett empalidecer subitamente. Mas ninguém mais percebeu nada. Então passou a segunda-feira, e a terça e a quarta e a quinta. Sobre todos eles estendia-se um manto de silêncio, de comer e conversar e deitar quieto no sofá como sempre. Flush, revirando-se em um sono inquieto, sonhava que eles estavam abrigados juntos sob samambaias e folhas em uma ampla floresta; então as folhas foram afastadas e ele despertou. Estava escuro; mas na escuridão ele viu Wilson entrar furtivamente no quarto, tirar a caixa de sob a cama e levá-la silenciosamente para fora. Isso foi na noite de sexta-feira, 18 de setembro. Durante toda a manhã de sábado ele permaneceu deitado como se deita quem sabe que, a qualquer momento, agora, um lenço pode cair, um assovio baixo pode soar, e será dado o sinal de morte ou vida. Ele observou a senhorita Barrett se vestir. Às quinze para as quatro a porta se abriu e Wilson entrou. Então o sinal foi dado – a senhorita Barrett o levantou nos braços. Ela se pôs de pé e caminhou para a porta. Por um momento, eles ficaram parados olhando ao redor do quarto. Lá estava o sofá e, ao lado dele, a poltrona do senhor Browning. Lá estavam os bustos e as mesas. O sol penetrava através das folhas de hera, e da cortina com camponeses andando se enfunava gentilmente para fora. Tudo estava como de costume. Todos pareciam esperar que mais um milhão de momentos como aquele ocorressem; mas para a senhorita Barrett e Flush aquele era o último. Muito silenciosamente, a senhorita Barrett fechou a porta.

Muito silenciosamente eles desceram a escada, passaram pela sala de estar, pela biblioteca, pela sala de jantar. Tudo parecia como em geral parecia; cheirava como em geral cheirava; todos estavam silenciosos como se adormecidos em uma tarde quente de setembro. No capacho da entrada, Catiline também dormia. Eles alcançaram a porta da frente e muito silenciosamente giraram a maçaneta. Um táxi aguardava lá fora.

"Para Hodgson's", disse a senhorita Barrett. Ela falou quase em um sussurro. Flush se sentou nos joelhos dela, muito quieto. Por nada no mundo ele teria rompido aquele tremendo silêncio.

Itália

Horas, dias, semanas pareceram um turbilhão de escuridão e sacolejos; de clarões súbitos seguidos por longos túneis melancólicos; de ser arremessado de um lado para o outro; de ser erguido apressadamente para a luz e ver o rosto da senhorita Barrett bem próximo, com árvores finas, trilhos e casas altas salpicadas de brilho passando ao fundo – pois era costume selvagem das companhias ferroviárias daquela época transportar cães em caixas.

No entanto, Flush não sentia medo; eles estavam fugindo, deixando para trás tiranos e ladrões de cachorros. Sacuda, triture; triture, sacuda o quanto quiser, ele murmurava, enquanto o trem o chacoalhava sem trégua. O importante era apenas deixar Wimpole Street e Whitechapel para trás.

Por fim, a claridade se expandiu; os solavancos cessaram. Ele ouviu pássaros cantando e o murmúrio das árvores ao vento. Ou seria água corrente? Abrindo enfim os olhos e sacudindo os pelos, viu a imagem mais espantosa possível. Lá estava a senhorita Barrett sobre uma rocha, no meio de uma correnteza. As árvores se inclinavam sobre ela, e o rio corria ao seu redor. Ela devia estar em perigo. Num impulso, Flush mergulhou no riacho e nadou até ela.

"... ele foi batizado em nome de Petrarca", disse a senhorita Barrett, quando ele escalou a rocha para o lado dela. Pois estavam em Vaucluse; ela havia se encarapitado sobre uma pedra no meio da fonte de Petrarca.

Então, mais sacolejos e solavancos. E, de repente, ele estava novamente sobre um solo firme. A escuridão clareou; a luz irrompeu sobre ele. Vivo, desperto e confuso, viu-se de pé sobre ladrilhos avermelhados, em uma ampla sala vazia, inundada pela luz do sol.

Ele correu de um lado para o outro, farejando e tateando. Não havia tapetes nem lareira. Nada de sofás, poltronas, estantes de livros ou bustos. O ar trazia cheiros penetrantes e desconhecidos, que pinicavam suas narinas e o faziam espirrar.

A luz, infinitamente intensa e clara, fascinava seus olhos. Ele jamais estivera em um ambiente – se é que aquilo podia ser chamado de sala – tão duro, tão brilhante, tão grande e tão vazio. A senhorita Barrett parecia menor do que nunca, sentada sozinha em uma cadeira, no centro, diante de uma mesa.

Então, Wilson o levou para fora. Primeiro, foi quase cegado pelo sol; depois, pela sombra. Metade da rua ardia de calor; a outra era gelada como gelo. Mulheres passavam cobertas de peles, mas carregavam sombrinhas para proteger a cabeça. E a rua estava seca como um osso. Apesar de estarem no meio de novembro, não havia lama nem poças para molhar suas patas ou empapar seus pelos. Não havia campos nem gradis. Não havia aquela confusão vertiginosa de odores que tornava um passeio por Wimpole Street ou Oxford Street tão desconcertante. Em compensação, os novos e estranhos cheiros que subiam das pedras angulares, das paredes amarelas secas, eram intensos e inusitados. Então, por trás de uma cortina preta balançando, surgiu um aroma doce e surpreendente, exalado em lufadas. Ele parou, levantando as patas, para saboreá-lo. Tentou seguir o cheiro para dentro; passou sob a cortina. Por um instante, teve um vislumbre de um próspero salão iluminado, altíssimo e vazio. Mas então, ao ouvir um grito horrorizado de Wilson, foi puxado de volta, com firmeza. Eles seguiram descendo a rua. O barulho era ensurdecedor. Todos pareciam gritar ao mesmo tempo, em estridência. Em vez do murmúrio constante e sonolento de Londres, havia um chacoalhar e um clamor, um retinir e um brado, o estalar de chicotes e o repicar de sinos.

Flush pulava e saltava para cá e para lá – e Wilson, também. Foram empurrados para cima e para fora da calçada vinte vezes, para evitar carroças, bois, soldados, rebanhos de cabras. Ele se sentia mais jovem e mais ativo do que nos últimos anos. Zonzo, mas radiante, dormiu mais profundamente do que jamais dormira no quarto dos fundos de Wimpole Street, sobre almofadas.

Mas Flush logo percebeu as profundas diferenças que distinguiam Pisa – era em Pisa que estavam instalados agora – de Londres. Os cães eram diferentes. Em Londres, ele mal podia caminhar até a caixa de correio sem encontrar um *pug*, um *retriever*, um buldogue, um mastim, um *collie*, um *newfoundland*, um são-bernardo, um *fox terrier* ou um dos membros das famosas sete famílias da tribo dos *spaniels*. A cada um dava um nome diferente e, a cada um, uma posição distinta.

Mas ali, em Pisa, embora os cães abundassem, não havia classificação nenhuma. Todos – seria possível? – eram vira-latas. Até onde podia ver, eram apenas cães – cães cinza, cães amarelos, cães sarapintados, cães malhados; mas era impossível identificar um único *spaniel*, *collie*, *retriever* ou mastim entre eles.

O Kennel Club, então, não tinha jurisdição na Itália? Seria o Clube do Spaniel desconhecido por lá? Não havia uma lei que decretasse a morte do topete, que valorizasse a orelha curva, que protegesse as patas peludas e insistisse veementemente que a testa fosse arredondada, mas não pontuda?

Aparentemente, não.

Flush sentiu-se como um príncipe no exílio. Ele era o único aristocrata em meio ao populacho. O único *cocker spaniel* de sangue puro em toda a Pisa.

Havia anos que Flush fora ensinado a se considerar um aristocrata. A lei do jarro púrpura e da guia havia penetrado fundo em sua alma. Não era de se espantar que ele perdesse o equilíbrio.

Um Howard ou um Cavendish, lançado no meio de um enxame de nativos em choupanas de barro, dificilmente poderia ser criticado se, vez ou outra, recordasse Chatsworth e refletisse pesarosamente sobre tapetes vermelhos e galerias repletas de ornatos, enquanto o sol poente reluz através de vitrais coloridos.

Deve-se admitir que havia um traço de esnobismo em Flush – a senhorita Mitford o identificara anos antes. Em Londres, entre iguais e superiores, esse sentimento fora amenizado; mas agora, sentindo-se único, ele voltava com força. Flush se tornou arrogante e insolente. "Flush se tornou um monarca absolutista e late para qualquer um que se distraia, sempre que a porta é aberta", escreveu a senhora Browning.

"Robert", ela continuou, "afirma que o referido Flush considera que ele, meu marido, foi criado para o propósito específico de lhe servir – e, de fato, é o que parece". "Robert", "meu marido" – se Flush havia mudado, igualmente havia a senhorita Barrett. Não era meramente que ela se chamasse de senhora Browning, agora; que ela fazia reluzir a aliança de ouro em sua mão, ao sol; ela estava mudada tanto quanto Flush estava mudado. Flush a ouvia dizer "Robert", "meu marido", cinquenta vezes por dia, e sempre com uma aura de orgulho que fazia seus pelos eriçar e seu coração pular. Mas não era sua linguagem, apenas, que tinha mudado. Ela era uma pessoa totalmente diferente. Agora, por exemplo, em vez de tomar um golinho de dedal de vinho do Porto, reclamando de dor de cabeça, ela virava um copo de Chianti e dormia mais fundo. Havia um ramo florido de laranjas na mesa de jantar, em lugar de uma fruta desnuda, azeda, amarela. Depois, em vez de ir em uma caleche conversível de quatro rodas ao Regent's Park, ela calçava as botas quentes e escalava rochas. Em vez de sentar-se em uma carruagem e trepidar ao longo da Oxford Street, eles sacolejavam em um tílburi periclitante até a margem de um lago e olhavam para as montanhas; e, quando ela se cansava, não acenava para outro táxi; ela se sentava em uma pedra e observava os lagartos. Ela se deleitava ao sol; ela se deitava no frio. Ela jogava achas de pinho na brasa flamejante e aspirava o aroma intenso, perfumado. Ela nunca se cansava de elogiar a Itália em detrimento da Inglaterra. "... nossos pobres ingleses", ela exclamava, "carecem de educação para a alegria. Eles carecem de refinamento não na lareira, mas à luz do sol". Aqui na Itália estavam a liberdade e a vida e a alegria que o sol gera. Uma pessoa nunca via homens brigando nem os ouvia praguejar; nunca se via os italianos bêbados – "as faces daqueles homens" em Shoreditch voltaram a aparecer diante de seus olhos. Ela estava sempre comparando Pisa com Londres e dizendo quanto preferia Pisa. Nas ruas de Pisa, moças bonitas podiam andar sozinhas; grandes damas primeiro esvaziavam os próprios dejetos, depois iam à corte "em uma explosão de inegável glória". Pisa com todos os seus sinos, seus vira-latas, seus camelos, suas madeiras de pinho, era infinitamente preferível a Wimpole Street e suas portas de mogno e paletas de carneiro. Assim a senhora Browning todos os dias, enquanto tomava seu Chianti e tirava mais uma laranja do ramo, elogiava a Itália e lamentava a pobre, monótona, úmida, nublada, triste, cara e convencional Inglaterra.

Wilson, é fato, manteve durante algum tempo sua estabilidade britânica. A lembrança de mordomos e porões, de portas da frente e cortinas, não foi obliterada de sua mente sem esforço. Ela ainda tinha a consciência de sair de uma galeria de arte "repelida pela indecência da Vênus". E mais tarde, quando, por cortesia de uma amiga, teve permissão para espiar por uma porta as glórias da Corte do Grão-Ducado, ela ainda, lealmente, defendeu a glória superior de St. James. "Era... tudo muito ordinário", ela relatou, "em comparação com a nossa Corte inglesa". Mas, enquanto observava, a figura soberba de um dos guarda-costas do grão-duque chamou sua atenção. Sua imaginação se incendiou; seu julgamento balançou; seus padrões caíram. Lily Wilson se apaixonou perdidamente pelo *signor* Righi, o soldado do corpo de guarda[2].

[2] "Lily Wilson se apaixonou pelo *signor* Righi, o soldado do corpo de guarda". A vida de Lily Wilson é extremamente obscura e, portanto, grita a plenos pulmões pelos serviços de um biógrafo. Nenhuma figura humana, nas cartas de Browning, exceto as principais, provoca mais nossa curiosidade e nos surpreende. Seu nome de batismo era Lily, seu sobrenome, Wilson. Isso é tudo o que sabemos sobre seu nascimento e criação. Se ela era a filha de um agricultor nas cercanias de Hope End, e se foi favoravelmente recomendada à cozinheira dos Barretts pelo recato de seus modos e asseio de seu avental, a ponto de, quando ela foi à mansão em alguma tarefa, a senhora Barrett criou uma desculpa para entrar no cômodo bem na hora, e teve tão boa opinião sobre ela que a nomeou criada da senhorita Elizabeth; ou se ela era de origem operária; ou se era da Escócia – é impossível dizer. Seja como for, ela trabalhava para a senhorita Barrett no ano de 1846. Ela era "uma criada cara" – seu salário era de £ 16 ao ano. Dado que ela falava quase tão raramente quanto Flush, os contornos de sua personalidade são pouco conhecidos; e, dado que a senhorita Barrett nunca escreveu um poema sobre ela, sua aparência é muito menos conhecida do que a dele. No entanto, está claro, a partir de indicações nas cartas, que ela era no começo uma dessas criadas britânicas discretas, quase inumanamente corretas, que eram na época a glória do porão britânico. É óbvio que Wilson era uma defensora dos direitos e do protocolo. Wilson sem dúvida reverenciava "o quarto"; Wilson provavelmente teria sido a primeira a insistir que criados inferiores comessem em um lugar e criados superiores, em outro. Tudo isso está implícito na observação que ela fez quando

E, assim como a senhora Browning explorava sua nova liberdade e se deleitava com as descobertas que fazia, também Flush fazia descobertas e explorava sua liberdade.

---

bateu em Flush com a mão, "porque é o certo". Tal respeito pela convenção, nem é preciso dizer, provoca extremo horror por qualquer quebra dela; de tal forma que, quando Wilson foi confrontada com os baixos estratos da Manning Street, ficou muito mais alarmada, e muito mais segura de que os ladrões de cachorro eram assassinos, do que a senhorita Barrett. Ao mesmo tempo, a forma heroica como superou o pavor e foi com a senhorita Barrett no táxi mostra quão profundamente a outra convenção de lealdade à patroa estava entranhada nela. Aonde a senhorita Barrett fosse, Wilson precisava ir também. O princípio foi triunfalmente demonstrado por sua conduta por ocasião da fuga. A senhorita Barrett duvidara da coragem de Wilson; mas suas dúvidas eram infundadas. "Wilson", ela escreveu – e essas foram as últimas palavras que ela escreveu para o senhor Browning como senhorita Barrett – "tem sido perfeita para mim. E... eu... chamando-a de 'tímida' e receosa da timidez dela! Começo a pensar que ninguém é tão corajoso quanto um tímido, quando suficientemente instigado". Vale a pena, entre parênteses, mergulhar por um segundo na vida extremamente precária de uma criada. Se Wilson não tivesse acompanhado a senhorita Barrett, teria sido, conforme a senhorita Barrett sabia, "jogada na rua antes do pôr do sol", com apenas uns poucos xelins, presumidamente economizados de suas dezesseis libras anuais. E qual teria sido seu destino, então? Dado que a ficção inglesa "nos anos quarenta mal abordava a vida das criadas das damas, e a biografia não havia na época focado sua lanterna tão baixo, a pergunta deve permanecer como pergunta. Mas Wilson deu o salto. Ela declarou que "iria a qualquer lugar do mundo comigo". Ela deixou o porão, o quarto, todo aquele mundo da Wimpole Street, que para Wilson significava toda a civilização, todo o raciocínio correto e toda forma decente de vida, pela falta de regras e de religião de uma terra estrangeira. Nada é mais curioso do que observar o conflito que ocorreu na Itália entre a polidez inglesa de Wilson e suas paixões naturais. Ela ridicularizava a corte italiana; ela ficou chocada com os quadros italianos. Porém, embora ela tenha "sido repelida pela indecência da Vênus", Wilson, para seu imenso crédito, parece ter ponderado que mulheres ficam nuas quando tiram a roupa. Até eu mesma, ela pode ter pensado, estou nua dois ou três segundos por dia. E assim "Ela pensa que vai tentar de novo e que o problemático recato pode ceder, quem sabe?" Que de fato cedeu rapidamente está claro. Logo, ela não meramente aprovava a Itália; ela havia se apaixonado pelo *signor* Righi, do corpo de guarda do grão-duque – "todos homens altamente respeitáveis e decentes, medindo cerca de um metro e oitenta" –; estava usando aliança de noivado; estava dispensando um pretendente londrino; e estava aprendendo a falar italiano. Então as nuvens desceram de novo;

Antes de deixarem Pisa – na primavera de 1847, mudaram-se para Florença –, Flush teve de encarar uma verdade curiosa e, a princípio, incômoda: as leis do Kennel Club não eram universais.

---

quando se levantam, revelam-nos uma Wilson abandonada – "o infiel Righi havia rompido o noivado com Wilson". As suspeitas recaem sobre o irmão dele, um atacadista de artigos de armarinho em Prato. Quando Righi renunciou à guarda ducal, ele se tornou, por conselho do irmão, um varejista de artigos de armarinho em Prato. Quer a posição dele exigisse que a esposa tivesse conhecimento sobre armarinhos, quer uma moça de Prato pudesse fornecer isso, é certo que ele não escreveu para Wilson com a frequência com que deveria ter escrito. Mas que conduta houve por parte desse homem altamente respeitável e decente, que levou a senhora Browning a exclamar, em 1850, "[Wilson] SUPEROU isso completamente, o que faz grande justiça à sensatez e à retidão de caráter dela. Como ela poderia continuar amando um homem desses?" – por que Righi tinha se reduzido a "um homem desses" em um período tão curto, é impossível dizer. Abandonada por Righi, Wilson se tornou cada vez mais ligada à família Browning. Ela desempenhava não apenas os serviços de criada de uma senhora, mas assava bolos, costurava vestidos e se tornou uma devotada ama-seca para Penini, o bebê; de modo que, com o tempo, o próprio bebê a promoveu a família, posto que por justiça lhe pertencia, e se recusava a chamá-la de qualquer outra coisa que não fosse Lily. Em 1855, Wilson se casou com Romagnoli, o criado do senhor Browning, "um bom homem, de coração terno"; e por algum tempo os dois cuidaram da casa para os Brownings. Mas em 1859 Robert Browning "aceitou o cargo de representante legal de Landor", um cargo de grande delicadeza e responsabilidade, pois os hábitos de Landor eram difíceis; "de contenção ele não tem um grão", a senhora Browning escreveu, "e de desconfiança, muitos grãos". Nessas circunstâncias, Wilson foi nomeada "sua governanta", com um salário de vinte e duas libras por ano, "além de tudo o que restar das refeições dele". Mais tarde, seus vencimentos foram aumentados para trinta libras, pois, para atuar como governanta para "um velho leão" que tem "os impulsos de um tigre", joga o prato pela janela ou no chão se não gosta do jantar, e desconfia de que a criadagem abre a escrivaninha, implicava, como a senhora Browning observou, "certos riscos que eu, de minha parte, preferiria não correr". Mas, para Wilson, que conhecera o senhor Barrett e os espíritos, uns poucos pratos a mais ou a menos voando pela janela ou sendo atirados so chão era um assunto de pouca importância – tais riscos pertenciam a um dia de trabalho. Aquele dia, na medida em que ainda podemos vê-lo, foi certamente estranho. Quer tenha, quer não tenha começado em algum vilarejo inglês remoto, terminou em Veneza, no Palazzo Rezzonico. Ali, pelo menos, ela continuava morando no ano de 1897, viúva, na casa do menininho que ela havia criado e amado – o senhor Barrett

Ele foi obrigado a aceitar o fato de que ligeiros topetes não eram necessariamente fatais. Ele revisou seus próprios preceitos e começou a agir de acordo com essa nova visão da sociedade canina – ainda que no início com alguma hesitação.

Mas, a cada dia, ele se tornava mais democrático. Mesmo em Pisa, a senhora Browning observou: "... ele sai todos os dias e fala em italiano com os cachorrinhos." Agora, em Florença, o último resquício de suas antigas crenças caiu. O momento de libertação ocorreu certo dia no Cascine. Enquanto corria sobre a grama "como esmeralda", com "os faisões todos vivos e voando", Flush de repente se lembrou do Regent's Park e de seu aviso severo: cães devem ser conduzidos na guia. Onde estava o "devem", agora? Onde estavam as guias? Onde estavam os guardas do parque e seus cassetetes? Desaparecidos, junto com os ladrões de cachorro,

---

Browning. Tinha sido um dia muito estranho, ela pode ter pensado, sentada ao poente avermelhado de Veneza, uma mulher velha, sonhando. As amigas dela, casadas com trabalhadores rurais, ainda tropeçavam pelas ruas inglesas para ir buscar cerveja. E ela fugira com a senhorita Barrett para a Itália; ela vira todo tipo de coisa esquisita – revoluções, guarda-costas, espíritos; o senhor Landor jogando o prato pela janela. Depois, a senhora Browning falecera – não pode ter havido falta de pensamentos na velha cabeça de Wilson, enquanto ela estava sentada à janela do Palazzo Rezzonico naquele entardecer. Mas nada pode ser mais inútil do que fingir que podemos adivinhar quais eram, pois ela era típica do grande exército de seu tipo – as inescrutáveis, as quase silenciosas, as quase invisíveis criadas domésticas da História. (N.A.)

os Kennel Clubs e o Clube do Spaniel de uma aristocracia decadente. Desaparecidos junto com os táxis de quatro rodas e as charretes. Desaparecidos com Whitechapel e Shoreditch. Ele correu, disparou; seu pelo reluzia, seus olhos ardiam. Ele era agora amigo do mundo inteiro. Todos os cães eram seus irmãos. Neste novo mundo, não precisava de uma guia. Não precisava de proteção. Se o senhor Browning demorava para sair para passear – e agora ele e Flush eram melhores amigos –, Flush o convocava, atrevidamente. Ele "para diante dele e late da maneira mais imperiosa possível", a senhora Browning observou, com certa irritação – pois suas relações com Flush eram bem menos emocionais agora do que nos velhos tempos; ela já não precisava do pelo ruivo dele e dos olhos brilhantes dele para lhe dar a experiência de que ela carecia; ela encontrara um Pã para si mesma, entre as vinhas e as oliveiras; ele estava lá também, ao lado da fogueira de pinho, à noite. Então, se o senhor Browning se demorava, Flush se levantava e latia; mas, se o senhor Browning preferisse ficar em casa e escrever, não importava. Flush era independente, agora. As glicínias e os laburnos floresciam sobre os muros; as árvores-de-judas chamejavam intensas, nos jardins; as tulipas silvestres espalhavam-se pelos campos. Por que ele deveria esperar? Lá partia ele, sozinho. Ele era seu próprio tutor, agora. "... ele sai sozinho e fica horas fora", a senhora Browning escreveu; "... conhece todas as ruas de Florença, só faz o que quer. Nunca fico apreensiva com a ausência dele", ela acrescentou, recordando com um sorriso as horas de agonia em Wimpole Street, e a gangue esperando para roubá-lo de sob as patas do cavalo, se ela se esquecesse da guia em Vere Street. O medo era desconhecido, em Florença; não havia ladrões de cachorro aqui e, ela talvez tenha suspirado, não havia pais.

Mas, para dizer candidamente, não era para observar quadros, para entrar em igrejas escuras e admirar os afrescos indistintos que Flush galopava para fora quando a porta da Casa Guidi era deixada aberta. Era para desfrutar de uma coisa, era em busca de uma coisa negada a ele por todos aqueles anos. Uma vez, a trombeta de caça de Vênus tinha soprado sua música selvagem sobre os campos de Berkshire; ele amara a cachorra do senhor Partridge; ela dera a ele um filhote. Agora, ele ouvia a mesma voz repicando pelas ruas estreitas de Florença, mas mais imperiosamente, mais impetuosamente, após tantos anos de silêncio. Agora, Flush conhecia o que os homens jamais conhecerão – amor puro, amor simples, amor pleno; amor que não traz nenhuma preocupação em seu rastro; que não tem vergonha; nem remorso; que está aqui, que se foi, como a abelha na flor está aqui e se vai. Hoje a flor é uma rosa, amanhã um lírio; agora é o cardo no charco, agora a portentosa orquídea-de-bolsa na estufa. Da mesma forma variada e despreocupada Flush abraçava a *spaniel* malhada no fim da rua e a cachorra sarapintada e a cachorra amarela – não importava qual. Para Flush, era tudo o mesmo. Ele seguia a trombeta onde quer que a trombeta soprasse e o vento carregasse. O amor era tudo; o amor bastava. Ninguém o culpou por suas escapadas. O senhor Browning meramente ria – "Bastante vergonhoso, para um cão respeitável como ele" –, quando Flush voltava tarde da noite ou cedo na manhã seguinte. E a senhora Browning ria também, quando Flush se largava no chão do quarto e dormia profundamente sobre o brasão de armas da família Guidi, marchetado em mármore ornamental.

Pois, na Casa Guidi, os cômodos eram nus. Todos aqueles objetos cobertos de seus dias de clausura e isolamento haviam desaparecido. A cama era uma cama; o lavatório era um lavatório. Tudo era o que era e não outra coisa. A sala de estar era ampla, com umas poucas cadeiras antigas entalhadas de ébano. Sobre a lareira pendia um espelho com dois cupidos para segurar as velas. A senhora Browning havia pessoalmente descartado seus xales indianos. Ela vestia um chapéu feito de uma seda fina brilhante, de que o marido gostava. O cabelo era penteado de um novo modo. E, quando o sol baixava e as persianas eram levantadas, ela passeava pela sacada em uma fina musselina branca. Ela adorava sentar-se ali olhando, ouvindo, observando as pessoas na rua.

Não fazia muito que eles estavam em Florença quando, certa noite, houve tamanha gritaria e tamanho tropel na rua que eles correram para a sacada para ver o que estava acontecendo. Uma grande multidão se aglomerava abaixo dela. Estavam carregando faixas, gritando e cantando. Todas as janelas estavam cheias de rostos; todas as sacadas estavam cheias de corpos. As pessoas às janelas estavam atirando flores e folhas de louro sobre as pessoas na rua, e as pessoas na rua – homens graves, moças alegres – estavam se beijando e levantando seus bebês para as pessoas nas sacadas. O senhor e a senhora Browning se inclinaram sobre a balaustrada e aplaudiram e aplaudiram. Faixa após faixa passaram. As tochas lançavam luz sobre elas. "Liberdade", estava escrito em uma; "A união da Itália", em outra; e "Em memória dos mártires" e "Viva Pio Nono"[3] e "Viva Leopoldo secondo"[4] – por três horas e meia, as faixas passaram e as

[3] Pio IX, nascido Giovanni Maria Mastai-Ferretti, foi papa entre 1846 e 1878. (N.T.)

[4] Leopoldo II, Grão-Duque da Toscana de 1824 a 1859. (N.T.)

pessoas comemoraram e o senhor e a senhora Browning ficaram no balcão, com seis velas queimando, acenando e acenando. Por algum tempo, também Flush, esticado entre eles com as patas sobre o parapeito, fez o melhor que pôde para se alegrar. Mas por fim – ele não conseguiu disfarçar – ele bocejou. "Ele confessou afinal que achava que as pessoas estavam estendendo demais aquilo", a senhora Browning observou. Um cansaço, uma dúvida, uma vulgaridade o dominaram. De que servia tudo aquilo?, ele se perguntou. Quem era esse grão-duque e o que havia prometido? Por que estavam todos tão absurdamente agitados? Pois o ardor da senhora Browning, acenando e acenando, enquanto as faixas passavam, irritavam-no de alguma forma. Tamanho entusiasmo por um grão-duque era exagerado, ele sentia. E depois, quando o grão-duque passou, ele percebeu que uma cachorrinha havia parado à porta. Aproveitando a chance quando a senhora Browning estava mais entusiasmada do que no geral, ele desceu da sacada e deu no pé. Em meio às faixas e à multidão, ele a seguiu. Ela penetrou mais e mais fundo no coração de Florença. Bem distante soava a gritaria; a aclamação das pessoas sumiu no silêncio. Apenas uma estrela ou duas se refletiam na ondulação do rio Arno, onde Flush estava deitado ao lado da *spaniel* malhada, aninhado na concha de um velho cesto na lama. Ali, em um transe de amor, eles ficaram até que o sol subiu no céu. Flush não voltou até as nove horas da manhã seguinte, e a senhora Browning o recebeu bastante ironicamente – ele poderia pelo menos, ela pensou, ter-se lembrado de que era seu primeiro aniversário de casamento. Mas ela presumiu que "ele havia se divertido bastante". Era verdade. Enquanto ela encontrara uma satisfação inexplicável no tropel de quarenta mil pessoas, nas promessas do grão-duque e no tremular das faixas ao vento, Flush preferia sem dúvida a cachorrinha à porta.

Não se pode duvidar de que a senhora Browning e Flush estavam chegando a conclusões diferentes, em suas viagens de descoberta – ela a um grão-duque, ele, a uma *spaniel* malhada – e, no entanto, o vínculo que os unia ainda os unia inegavelmente. Mal havia Flush abolido o "devem" e corrido livremente pela grama esmeralda dos jardins do Cascine, onde os faisões batiam asas vermelhas e douradas, quando sentiu um freio. Mais uma vez, foi puxado com um tranco para trás, sobre as ancas. No começo, não era nada – meramente uma insinuação –, só que a senhora Browning, na primavera de 1849, ficou ocupada com a agulha. E, apesar disso, havia algo naquela imagem que fez Flush se deter. Ela não estava acostumada a costurar. Ele notou que Wilson arrastou uma cama e abriu uma gaveta para guardar roupas brancas dentro dela. Levantando a cabeça do piso de ladrilho, ele olhou, ele escutou atentamente. Estaria algo mais uma vez prestes a acontecer? Ele buscou ansiosamente por sinais de baús e malas. Haveria outra fuga, outra escapada? Mas uma fuga para o quê, de quê? Nada a temer aqui, ele garantiu à senhora Browning. Nenhum deles precisava se preocupar, em Florença, com o senhor Taylor nem com cabeças de cães embrulhadas em pacotes de papel pardo. Apesar disso, ele estava confuso. Os sinais de mudança, como ele os interpretava, não significavam fuga. Eles significavam, mais e mais misteriosamente, expectativa. Alguma coisa, ele sentia, ao observar a senhora Browning tão serenamente, mas silenciosa e imperturbavelmente costurando na cadeira baixa, estava se aproximando, alguma coisa que era inevitável; apesar disso, era algo a ser temido. Conforme as semanas passavam, a senhora Browning mal saía de casa. Ela parecia, sentada ali, antecipar um evento tremendo. Estaria ela prestes a encontrar alguém, como o rufião Taylor, e deixá-lo desferir uma chuva de golpes sobre ela, sozinha e desamparada? Flush tremia de apreensão ao pensar nisso. Certamente ela não tinha intenção de fugir. Não havia malas sendo feitas. Não havia sinal de alguém prestes a partir da casa – pelo contrário, havia sinais de que alguém estava chegando. Em sua ansiedade ciumenta, Flush escrutinava cada recém-chegado. Havia muitos, agora – a senhorita Blagden, o senhor Landor, Hattie Hosmer, o senhor Lytton – tantas damas e cavalheiros vinham agora à Casa Guidi. Dia após dia, a senhora Browning sentava-se na poltrona, costurando tranquilamente.

Então um dia, no início de março, a senhora Browning não apareceu na sala de estar. Outras pessoas entraram e saíram; o senhor Browning e Wilson entraram e saíram; e eles entraram e saíram tão distraídos que Flush se escondeu sob o sofá. As pessoas marchavam escada acima e abaixo, corriam e se chamavam aos sussurros e abafavam vozes desconhecidas. Elas subiam a escada para o quarto. Ele se encolheu cada vez mais sob a sombra do sofá. Ele sentia em cada fibra do corpo que alguma mudança estava ocorrendo – algum evento terrível estava acontecendo. Assim ele havia esperado, anos antes, pelos passos do homem encapuzado na escada. E por fim a porta se abrira e a senhorita Barrett havia exclamado: "senhor Browning!". Quem estava a caminho, agora? Qual homem encapuzado? Com o decorrer dos dias, ele foi deixado completamente sozinho. Ele se deitava na sala de estar sem comida nem bebida; mil *spaniels* malhadas poderiam ter farejado a porta e ele teria se afastado delas. Pois, conforme as horas passavam, ele tinha uma sensação sufocante de que alguma coisa estava abrindo caminho até a casa, vinda de fora. Ele espiou por baixo dos babados. Os cupidos segurando as velas, as arcas de ébano, as cadeiras francesas, tudo parecia desmembrado; ele próprio sentia como se estivesse sendo levantado contra a parede, para abrir espaço para uma coisa que ele não conseguia ver. Uma vez ele viu o senhor Browning, mas ele não era o mesmo senhor Browning; uma vez, Wilson, mas ela estava mudada também – como se os dois estivessem vendo a presença invisível que ele sentia.

Finalmente, Wilson, muito corada e desarrumada, mas triunfante, tomou-o nos braços e o carregou para cima. Eles entraram no quarto. Havia um choramingo discreto na penumbra do quarto – alguma coisa se agitava no travesseiro. Era um animal vivo. Independentemente deles todos, sem que a porta da rua fosse aberta, de si mesma no quarto, sozinha, a senhora Browning havia se tornado duas pessoas. A coisa pavorosa acenava e miava ao lado dela. Rasgado pela raiva e pelo ciúme e por um asco profundo que ele não conseguiu esconder, Flush se debateu e se libertou e desceu a escada correndo. Wilson e a senhora Browning o chamaram de volta; tentaram-no com carinho; ofereceram petiscos; mas foi em vão. Ele se afastava da visão asquerosa, da presença repulsiva, onde quer que houvesse um sofá no escuro ou um canto retirado. "... por uma quinzena inteira ele caiu em profunda melancolia e resistiu a todas as atenções derramadas sobre ele", assim a senhora Browning, em meio a todas as demais distrações, foi forçada a notar. E, quando tomamos, conforme devemos, minutos e horas humanos e os colocamos na mente de um cão e vemos como os minutos se expandem em horas e as horas, em dias, não estaremos exagerando se concluirmos que a "profunda melancolia" de Flush durou seis meses completos, pelo relógio humano. Muitos homens e mulheres se esqueceram de seus ódios e seus amores em menos tempo.

Mas Flush não era mais o cão sem educação nem treinamento da época de Wimpole Street. Ele aprendera sua lição. Wilson batera nele. Ele fora forçado a engolir bolo estragado quando poderia tê-lo comido fresco; ele prometera amar e não morder. Tudo isso se revirava em sua mente, enquanto ele ficou deitado sob o sofá; finalmente, ele saiu. De novo, ele foi recompensado. No começo, deve-se admitir, a recompensa foi insatisfatória, se não positivamente desagradável. O bebê foi posto em suas costas e Flush teve de andar enquanto o bebê lhe puxava as orelhas. Mas ele se submeteu com tamanha benevolência, apenas se virando, quando suas orelhas eram puxadas, "para beijar os pezinhos nus, com covinhas" que, antes que três meses tivessem passado, aquela massa indefesa, fraca, puxadora e balbuciante veio de alguma forma a preferir a ele "no geral" – assim disse a senhora Browning – sobre todas as pessoas. E depois, estranhamente, Flush percebeu que retribuía a afeição do bebê. Eles não compartilhavam alguma coisa – o bebê não se parecia com Flush, de muitas formas? Eles não tinham as mesmas visões, os mesmos gostos? Por exemplo, em matéria de paisagem. Para Flush, todas as paisagens eram insípidas. Ele jamais aprendera, em todos esses anos, a focar o olhar nas montanhas. Quando o levavam para Vallombrosa, todo o esplendor de suas florestas meramente o entediava. Agora, quando o bebê tinha alguns meses de idade, eles foram em mais uma daquelas longas expedições, em uma carruagem de viagem. O bebê repousava no colo da ama-seca; Flush ia sentado no joelho da senhora Browning. A carruagem seguia em frente, subindo penosamente as alturas dos Apeninos. A senhora Browning estava quase fora de si de deleite. Ela mal conseguia se afastar da janela. Ela não conseguia encontrar palavras suficientes, em todo o idioma inglês, para expressar o que sentia. "... a paisagem extraordinária e quase irreal dos Apeninos, a maravilhosa variedade de forma e cor, as transições súbitas e a individualidade vital daquelas montanhas, as florestas de castanheiros tombando pelo próprio peso nas ravinas profundas, as rochas fendidas e desgastadas pelas torrentes vivas e as montanhas, montanhas acima de montanhas, empilhando suas existências grandiosas como se o fizessem elas mesmas, mudando de cor com o esforço" – a beleza dos Apeninos deu à luz tantas palavras que elas decididamente empurraram umas às outras para fora da existência. Mas o bebê e Flush não sentiram nada desse estímulo, nada dessa inadequação. Ambos ficaram em silêncio. Flush afastou "a cabeça da janela e não considerou a paisagem digna de ser vista... Ele nutre um supremo desprezo por árvores e montanhas e coisas do tipo. Flush dormiu e o bebê dormiu. Depois, afinal, havia luzes e casas e homens e mulheres passando pelas janelas. Eles haviam entrado em uma vila. Instantaneamente, Flush era todo atenção. "... os olhos lhe saíam da cabeça com avidez; ele olhava para leste, olhava para oeste, você podia concluir que ele estava tomando notas ou as preparando". Era a paisagem humana que mexia com ele, não a beleza. A beleza, ou pelo menos assim parecia, tinha de ser cristalizada em um pó verde ou violeta e aplicado com alguma seringa celestial pelos canais nasais atrás de suas narinas, antes de tocar os sentidos de Flush; e depois se manifestava não em palavras, mas em um arrebatamento silencioso. Onde a senhora Browning via, ele farejava; onde ela escrevia, ele aspirava.

Aqui, portanto, a biógrafa precisa forçosamente fazer uma pausa. Onde duas ou três mil palavras são insuficientes para o que vemos – e a própria senhora Browning precisou se reconhecer impactada pelos Apeninos: "Dessas coisas eu não posso lhe dar a menor ideia", ela admitiu –, não há mais do que duas palavras e talvez meia para o que cheiramos. O nariz humano praticamente não existe. Os maiores poetas do mundo nada cheiraram além de rosas em uma mão e esterco na outra. As infinitas gradações que existem entre uma e outro carecem de registro. No entanto, era no mundo do cheiro que Flush vivia, principalmente. O amor era primordialmente cheiro; forma e cor eram cheiro; música e arquitetura, lei, política e ciência eram cheiro. Para ele, até a religião era cheiro. Descrever sua mais simples experiência com a costeleta diária ou o biscoito está além da nossa capacidade. Nem mesmo o senhor Swinburne poderia ter dito o que o cheiro de Wimpole Street significava para Flush, em uma tarde quente de junho. Quanto a descrever o cheiro de uma *spaniel* misturado ao cheiro de tochas, louros, incenso, faixas, velas e uma guirlanda de folhas de rosa esmagadas por um salto de cetim que tivesse sido colocado em cânfora, talvez Shakespeare, se ele houvesse pausado no meio da escrita de *Antônio e Cleópatra*. Mas Shakespeare não pausou. Confessando nossa imperfeição, portanto, podemos apenas comentar que, para Flush, a Itália, nesses que foram os anos mais cheios, mais livres, mais felizes de sua vida, significou principalmente uma sucessão de cheiros. O amor, deve-se presumir, foi gradualmente perdendo o apelo. O cheiro permaneceu. Agora que eles estavam novamente instalados na Casa Guidi, todos tinham seus afazeres. O senhor Browning escrevia regularmente em um cômodo; a senhora Browning escrevia regulamente em outro. O bebê brincava no quarto. Mas Flush vagava pelas ruas de Florença para desfrutar do arrebatamento do cheiro. Ele seguia seu caminho através de ruas principais e ruas secundárias, através de praças e alamedas, pelo cheiro. Ele se esgueirava de cheiro em cheiro; o áspero, o macio, o escuro, o dourado. Ele entrava e saía, subia e descida, por onde eles batem latão, onde eles assam pão, onde as mulheres se sentam para escovar os cabelos, onde as gaiolas de passarinhos se empilham alto nas galerias de comunicação entre ruas, onde o vinho se derrama em manchas vermelho-escuras no calçamento, onde cheira a couro e arreios e alho, onde toalha é sovada, onde folhas de videira tremulam, onde homens se sentam e bebem e cospem e jogam dados – ele corria para dentro e para fora, sempre com o nariz no chão, sorvendo a essência; ou com o nariz no ar, vibrando com o aroma. Ele dormia em um trecho quente de sol – como o sol fazia a pedra feder! Ele buscava aquele túnel de sombra – como a sombra fazia a pedra cheirar a ácido! Ele devorava cachos inteiros de uvas maduras, em grande medida por causa de seu cheiro púrpura; ele mastigava e cuspia fora qualquer vestígio duro de carne de cabra ou *macaroni* que a dona de casa italiana tivesse lançado pela sacada – cabra e *macaroni* eram cheiros roucos, cheiros carmesins. Ele seguia a doçura inebriante do incenso para dentro do violeta intrincado de catedrais escuras; e, farejando, tentava aninhar-se no ouro do túmulo colorido pelo vitral. Tampouco era seu tato menos apurado. Ele conhecia Florença em sua suavidade marmórea e em sua aspereza pedregosa e remendada. Drapeados brancos de cortina, dedos macios e pés de pedra recebiam a lambida de sua língua, o estremecimento de seu focinho trêmulo. Pelas almofadas infinitamente sensíveis de suas patas, ele absorvia a impressão nítida de orgulhosas inscrições em latim. Em resumo, ele conhecia Florença como nenhum ser humano jamais conheceu; como Ruskin[5] nunca a conheceu, nem George Eliot[6]. Ele a conhecia como apenas os surdos conhecem. Nenhuma de suas milhares de sensações jamais se submeteu à deformidade das palavras.

Mas, embora fosse agradável para a biógrafa inferir que a vida de Flush, no final da meia-idade, era uma orgia de prazeres que transcendem qualquer descrição; sustentar que, enquanto o bebê aprendia uma nova palavra a cada dia, e assim empurrava as sensações para cada vez um pouco mais longe do alcance, Flush estava fadado a permanecer para sempre em um paraíso onde as essências existem em sua mais absoluta pureza, e que a alma nua das coisas marcava o nervo nu – não seria verdade. Flush não vivia em tal paraíso. O espírito, vagando de estrela em estrela; o pássaro, cujo mais distante voo sobre a neve polar ou as florestas tropicais nunca o leva à presença de casas humanas, com suas volutas de fumaça de lenha, podem, até onde sabemos, gostar de tal imunidade, de tal integridade de bem-aventurança. Mas Flush se deitara sobre joelhos humanos e ouvira vozes humanas. Suas veias eram repletas de paixões humanas; ele

[5] John Ruskin (1819 – 1900), crítico de arte, desenhista e aquarelista britânico. (N.T.)

[6] Pseudônimo de Mary Ann Evans (1819 – 1880), romancista britânica. (N.T.)

conhecia todas as gradações de ciúme, raiva e desespero. Agora, no verão, ele era atormentado pelas pulgas[7]. Com ironia cruel, o sol que amadurecia as uvas trazia também as pulgas. "... o martírio de Savonarola[8] aqui em Florença", escreveu a senhora Browning, "é pouco pior que o de Flush no verão". Pulgas saltavam para a vida em todos os cantos das casas florentinas; elas pulavam e saltavam de cada fenda de pedra antiga, de cada dobra de tapeçaria antiga, de cada manto, chapéu e cobertor. Elas faziam ninhos nos pelos de Flush. Abriam caminho, mordendo, até a parte mais espessa da pelagem. Ele se coçava e se feria. Sua saúde sofreu; ele se tornou rabugento, magro e febril. A senhorita Mitford foi acionada. Que remédio existia, a senhora Browning escreveu aflita, contra pulgas? A senhorita Mitford, ainda sentada no jardim de inverno em Three Mile Cross, ainda escrevendo tragédias, pousou a pena e vasculhou antigas prescrições – o que Mayflower tinha tomado, o que tomara Rosebud. Mas

---

[7] "ele era atormentado pelas pulgas". Parece que a Itália era famosa por suas pulgas, em meados do século XIX. De fato, elas serviram para derrubar convenções que, do contrário, seriam insuperáveis. Por exemplo, quando Nathaniel Hawthorne foi tomar chá com a senhorita Bremer em Roma (1858), "nós falamos sobre pulgas – insetos que, em Roma, chegam aos assuntos e aos peitos de todos, e são tão comuns e inevitáveis que não se sente nenhum constrangimento ao se mencionar os sofrimentos que infligem. A pobre senhorita Bremer foi atormentada por uma, enquanto preparava nosso chá". (N.A.)

[8] Girolamo Savonarola (1452 – 1498), padre reformador condenado à morte na fogueira. (N.T.)

as pulgas de Reading morriam com facilidade. As pulgas de Florença são vermelhas e viris. Contra elas, os pós da senhorita Mitford poderiam igualmente ser rapé. Em desespero, o senhor e a senhora Browning se puseram de joelhos ao lado de um balde de água e fizeram tudo o que puderam para exorcizar a peste com sabão e uma escova. Foi em vão. Por fim, certo dia o senhor Browning, levando Flush para passear, notou que as pessoas apontavam; ouviu mais de um homem levar o dedo ao nariz e cochichar "sarna". Como nessa época "Robert gosta tanto de Flush quanto eu", dar um passeio vespertino com um amigo e ouvi-lo estigmatizar Flush assim foi insuportável. Robert, a esposa escreveu, "não mais iria tolerar aquilo". Restava apenas um remédio, mas era um remédio quase tão drástico quanto a doença em si. Por mais democrático que Flush houvesse se tornado, e indiferente aos sinais de status, ele continuava a ser o que Philip Sidney dissera a seu respeito, um cavalheiro de nascença. Ele levava o pedigree às costas. Seu pelo significava para ele o que um relógio de ouro inscrito com o brasão da família significa para um nobre empobrecido cujas vastas terras tenham encolhido a um pequeno círculo. Era a pelagem que o senhor Browning agora propunha sacrificar. Ele chamou Flush e, "pegando uma tesoura, tosou-o por inteiro, à semelhança de um leão".

Conforme Robert Browning tosava, conforme a insígnia de um *cocker spaniel* caía no chão, conforme uma caricatura de um animal muito diferente surgia ao redor de seu pescoço, Flush se sentiu emasculado, diminuído, envergonhado. O que eu sou agora?, ele pensou, olhando-se no espelho. E o espelho respondeu, com a sinceridade brutal dos espelhos: "Você não é nada". Ele não era ninguém. Certamente, não era mais um *cocker spaniel*. Mas enquanto observava, as orelhas agora nuas e não curvas pareceram estremecer. Foi como se os espíritos poderosos da verdade e do riso estivessem cochichando nelas. Não ser nada – esse não é, afinal, o estado mais satisfatório do mundo inteiro? Ele olhou de novo. Ali estava sua juba. Caricaturizar a pomposidade daqueles que alegam ser alguma coisa – isso não era, de certa forma, uma carreira? De toda forma, fosse como fosse que ele resolvesse o assunto, não poderia haver dúvida de que ele estava livre das pulgas. Ele sacudiu a juba. Ele dançou sobre as patas nuas, debilitadas. Seu espírito se animou. Da mesma forma poderia uma grande beleza, elevando-se de um leito de doença e julgando seu rosto para sempre desfigurado, fazer uma fogueira de roupas e cosméticos, e rir de alegria ao pensar que não precisava jamais olhar no espelho de novo, nem temer a frieza de um amante ou a formosura de uma rival. Da mesma forma poderia um clérigo, por vinte anos envolto em algodão fino e goma, jogar o colarinho na lixeira e pegar as obras de Voltaire no armário. Dessa forma Flush saiu a galope, tosado como um leão, mas livre das pulgas. "Flush", a senhora Browning escreveu à irmã, "é sábio". Ela estava pensando talvez no grego, dizendo que a felicidade só pode ser alcançada através do sofrimento. O verdadeiro filósofo é aquele que perdeu os pelos, mas está livre de pulgas.

Mas Flush não precisou esperar muito, até que sua filosofia recém-conquistada fosse posta à prova. Novamente, no verão de 1852, houve na Casa Guidi sinais de uma daquelas crises que, avolumando-se silenciosamente quando uma gaveta se abre ou um pedaço de corda é deixado pendendo de uma caixa, são para um cão tão ameaçadores quanto as nuvens que predizem relâmpagos amedrontam um pastor, ou quanto rumores que predizem guerra, para um estadista. Outra mudança era sugerida, outra jornada. Bem, e essa, agora? Baús foram descidos e encordoados. O bebê foi levado para fora no braço da ama-seca. O senhor e a senhora Browning apareceram, vestidos para viajar. Havia um táxi à porta. Flush aguardou filosoficamente no vestíbulo. Quando eles ficaram prontos, ele estava pronto. Agora que estavam todos sentados na carruagem, com um pulo Flush correu ligeiramente atrás deles. Para Veneza, para Roma, para Paris – aonde eles estavam indo? Todos os países eram iguais para ele, agora; todos os homens eram seus irmãos. Ele aprendera essa lição, afinal. Mas, quando ele finalmente emergiu da penumbra, teve necessidade de toda a sua filosofia – ele estava em Londres.

Casas se espalhavam à direita e à esquerda em avenidas severas de tijolo comum. O pavimento era frio e rígido sob seus pés. E ali, emergindo de uma porta de mogno com maçaneta de bronze, estava uma senhora abundantemente paramentada com um roupão florido de pelúcia roxa. Uma grinalda estrelada de flores repousava em seus cabelos. Arrepanhando o tecido ao seu redor, ela olhou a rua acima e abaixo, desdenhosamente, enquanto um criado, agachando-se, baixava o degrau da caleche conversível de quatro rodas. Toda a Welbeck Street – pois era a Welbeck Street – estava envolta em um esplendor de luz vermelha – não uma luz clara e feroz como a luz italiana, mas de um castanho alaranjado matizado pela poeira de um milhão de rodas e pelo tropel de um milhão de cascos. A temporada londrina estava no auge. Um pálio de ruído, uma nuvem de murmúrio entrelaçado, caía sobre a cidade em um resmungo contínuo. Passava um perdigueiro majestoso, levado na guia por um jovem pajem. Um policial caminhava em passadas rítmicas, direcionando a lanterna de um lado a outro. Odores de cozidos, odores de bife, odores de caldo de carne, odores de bife e repolho subiam de mil porões. Um lacaio de libré enfiou uma carta em uma caixa de correio.

Deslumbrado pela magnificência da metrópole, Flush parou por um momento com a pata na soleira. Wilson parou também. Que risível parecia agora a civilização italiana, suas cortes e suas revoluções, seus grão-duques e os guarda-costas deles! Ela agradeceu a Deus, quando o policial passou, por não se ter casado com o *signor* Righi, no fim das contas. Então uma figura sinistra emergiu do bar na esquina. Um homem olhou de esguelha. Com um salto, Flush pulou para dentro.

Fazia algumas semanas agora que ele estava em restrito confinamento na sala de estar de uma hospedaria em Welbeck Street. Pois o confinamento ainda era necessário. A cólera tinha chegado, e é verdade que a cólera fizera algo para melhorar a condição dos cortiços; mas não o bastante, pois cães ainda eram roubados e os cães de Wimpole Street ainda precisavam ser conduzidos na guia. Flush entrou para a sociedade, é claro. Ele conheceu cães na caixa de correio e do lado de fora dos bares; e eles o acolheram de volta com o bom temperamento inerente à espécie. Assim como um fidalgo inglês que passou muitos anos no leste e absorveu alguns dos hábitos dos nativos – rumores indicando até que ele se tornou muçulmano e teve um filho com uma lavadeira chinesa – descobre, quando retoma seu posto na corte, que os velhos amigos estão suficientemente dispostos a ignorar essas aberrações e ele é convidado a Chatsworth, embora nenhuma menção seja feita à esposa dele, e se presuma que ele se juntará à família na missa –, da mesma forma os *pointers* e os *setters* de Wimpole Street acolheram Flush entre eles e ignoraram a situação de sua pelagem. Mas havia certa morbidez, parecia a Flush agora, entre os cães de Londres. Era de conhecimento público que o cão da senhora Carlyle, Nero, havia saltado de uma janela em andar alto com a intenção de cometer suicídio[9]. Ele achava a pressão da vida em Cheyne

[9] "Nero havia saltado de uma janela em andar alto." Nero (c. 1849-60) era, de acordo com Carlyle, uma pequena massa de pelos cubana (maltês? Ou, ao contrário, vira-lata?), predominantemente branca – um cachorrinho muito afetuoso e cheio de vida, mas fora isso de poucas qualidades e pouco ou nenhum adestramento. Material sobre a vida dele abunda, mas esta não é a ocasião de fazer uso dele. Basta dizer que ele foi roubado; que trouxe para Carlyle, amarrado ao pescoço, um cheque para comprar um cavalo; que "duas ou três vezes eu o joguei no mar [em Aberdour], do que ele não gostou nem um pouco"; que em 1850 ele pulou da janela da biblioteca e, desviando-se das lanças dos gradis, caiu na calçada com um "ploft". "Era depois do café da manhã", a senhora Carlyle escreve, "e ele tinha estado parado à janela aberta, observando os passarinhos... Deitada na cama eu ouvi, pela parede divisória, Elizabeth gritar: 'Ah, Deus! Ah, Nero!' e correr para baixo como uma ventania e sair pela porta... Daí eu corri para alcançá-la, ainda nos trajes de dormir... O senhor C. veio às pressas do quarto, com o queixo cheio de sabão, e perguntou: "'conteceu alguma coisa com o Nero?', 'Ah, senhor, ele CERTAMENTE quebrou todas as pernas, ele pulou da SUA janela!', 'Deus me proteja!', disse o senhor C., e voltou para terminar de se barbear". Nenhum

Row intolerável, dizia-se. De fato, Flush podia muito bem acreditar, agora que estava de volta, na Welbeck Street. O confinamento, a multidão de pequenos objetos, os besouros pretos à noite, as moscas varejeiras de dia, a persistência dos odores de carneiro, a presença permanente de bananas no aparador – tudo isso, aliado à proximidade de diversos homens e mulheres pesadamente vestidos e não com frequência ou em absoluto completamente banhados, afetava seu ânimo e tensionava seus nervos. Ele permanecia por horas deitado sob a cômoda da hospedaria. Era impossível correr para fora. A porta da frente estava sempre trancada. Ele precisava esperar que alguém o levasse na guia.

Dois incidentes apenas quebraram a monotonia das semanas que ele passou em Londres. Um dia, no fim daquele verão, os Brownings foram visitar o reverendo Charles

osso se partiu, porém, e ele sobreviveu, para ser atropelado pela carroça de um açougueiro, e por fim morrer das consequências do acidente em 1º de fevereiro de 1860. Ele está enterrado na parte alta do jardim em Cheyne Row, sob uma pequena placa de pedra. Quer ele tenha desejado se matar, quer, conforme insinua a senhora Carlyle, ele estivesse meramente saltando atrás dos passarinhos, pode ser a ocasião para um tratado extremamente interessante sobre psicologia canina. Alguns defendem que o cachorro de Byron enlouqueceu em solidariedade a Byron; outros, que Nero foi levado à melancolia desesperada por vínculos com o senhor Carlyle. Toda a questão da relação dos cães com o espírito da época, se é possível chamar um cão de elizabetano, outro de augusto, outro de vitoriano, junto com a influência sobre os cães da poesia e da filosofia de seus tutores, merece um debate mais completo do que aqui se pode oferecer. No momento, a motivação de Nero precisa permanecer obscura. (N.A.)

Kingsley em Farnham. Na Itália, a terra teria estado nua e dura como um tijolo. Pulgas teriam abundado. Languidamente, uma pessoa se teria arrastado de sombra em sombra, grata até pela barra de penumbra lançada pelo braço erguido de uma das estátuas de Donatello. Mas aqui, em Farnham, havia campos de grama verde; tanques de água azul; bosques que murmuravam e uma relva tão fina que as patas recuavam ao tocá-la.

Os Brownings e os Kingsleys passaram o dia juntos. E mais uma vez, enquanto Flush os acompanhava, as antigas trombetas sopraram; o antigo êxtase voltou – seria uma lebre ou uma raposa?

Flush saiu em disparada pelas charnecas de Surrey como não corria desde os velhos tempos em Three Mile Cross.

Um faisão subiu em um ímpeto de roxo e dourado. Ele quase fechara os dentes nas penas da cauda, quando uma voz soou. Um chicote estalou. Seria o reverendo Charles Kingsley quem o chamava bruscamente a estacar? De toda forma, ele não correu mais. Os bosques de Farnham eram rigidamente preservados.

Alguns dias depois, estava deitado na sala de estar de Welbeck Street, quando a senhora Browning entrou vestida para passear e o chamou de sob a cômoda.

Ela prendeu a guia à coleira e, pela primeira vez desde setembro de 1846, eles caminharam juntos pela Wimpole Street. Quando chegaram à porta do número cinquenta, pararam como antigamente. Assim como antes, esperaram. O mordomo, com a mesma lentidão de outros tempos, aproximou-se. Por fim, a porta se abriu. Seria possível que Catiline estivesse deitado no capacho? O velho cão desdentado bocejou, espreguiçou-se e não deu atenção. Subiram as escadas tão furtivamente, tão silenciosamente quanto haviam descido um dia.

Muito silenciosamente, abrindo as portas como se temesse o que poderia encontrar ali, a senhora Browning percorreu os cômodos.

Uma melancolia a envolveu ao olhar ao redor: "... eles me pareceram", ela escreveu, "menores e mais escuros, de algum modo, e a mobília carecia de condições e conveniência". A hera ainda tamborilava no vidro da janela do quarto dos fundos. A cortina pintada ainda escurecia as casas. Nada fora alterado. Nada ocorrera em todos aqueles anos. Ela passou de quarto em quarto, tristemente recordando. Mas, muito antes de terminar a inspeção, Flush estava febril de ansiedade. E se o senhor Barrett entrasse e os encontrasse? E se, com um franzir de testa, um olhar severo, ele girasse a chave e os trancasse no quarto dos fundos para sempre?

Finalmente, a senhora Browning fechou as portas e desceu, de novo muito silenciosamente. Sim, ela disse, parecia-lhe que a casa precisava de uma boa limpeza. Depois disso, Flush teve um único desejo – deixar Londres, deixar a Inglaterra para sempre.

Ele não ficou feliz até se encontrar no convés de um barco a vapor no Canal, cruzando para a França. Foi uma viagem difícil. A travessia durou oito horas.

Enquanto o vapor jogava e balançava, Flush revirava mentalmente um turbilhão de lembranças misturadas – senhoras em roupões roxos, homens maltrapilhos com sacos; Regent's Park e a rainha Victoria passando com batedores; a grama inglesa verdejante e o viço do calçamento inglês. Tudo isso lhe atravessou a mente enquanto estava deitado no convés. Ao olhar para cima, viu um homem alto e rígido inclinado sobre a grade de apoio. "Senhor Carlyle!", ouviu a senhora Browning exclamar. Ato contínuo – a travessia, deve-se recordar, era difícil –, Flush ficou violentamente mareado. Marujos vieram correndo com baldes e esfregões. "... ele foi expulso do convés de propósito, pobre cão", disse a senhora Browning. Pois o convés ainda era inglês; cães não devem ficar enjoados em conveses. Esse foi o último cumprimento de Flush à costa de sua terra natal.

Fim

Flush estava se tornando um cão velho, agora. A viagem à Inglaterra e todas as recordações que ela despertara o haviam exaurido, sem dúvida. Notou-se que ele buscava mais a sombra do que o sol em seu regresso, embora a sombra de Florença fosse mais quente que o sol de Wimpole Street.

Estendido aos pés de uma estátua, aninhado sob a borda de uma fonte para sentir as poucas gotas que dela respingavam, ele cochilava durante horas. Os cães jovens se aproximavam dele. Para eles, Flush contava suas histórias de Whitechapel e Wimpole Street; descrevia o cheiro de cravo e o cheiro de Oxford Street; relatava em detalhes as lembranças de uma e outra revolução – como grão-duques tinham vindo e grão-duques tinham ido. Mas a *spaniel* malhada no fim da alameda à esquerda – ela permanecia para sempre, ele dizia. Então, o violento senhor Landor passava correndo e sacudia o punho para ele, em uma fúria de mentirinha; a gentil senhorita Isa Blagden parava e tirava um biscoito açucarado da bolsa.

As camponesas do mercado lhe faziam uma cama de folhas à sombra de seus cestos e, vez por outra, lhe atiravam um cacho de uvas. Ele era conhecido, era apreciado, em toda a Florença – por nobres e plebeus, por cães e homens. Mas ele estava se tornando um cão velho, agora, e tendia cada vez mais a se deitar, não sob a fonte – pois o calçamento era duro demais para seus velhos ossos –, mas no quarto da senhora Browning, onde o brasão de armas da família Guidi proporcionava um trecho suave no mármore marchetado do piso, ou na sala de estar, à sombra da mesa.

Um dia, pouco depois de sua volta de Londres, ele estava estendido ali, dormindo profundamente. O sono profundo e sem sonhos da idade avançada pesava sobre ele. De fato, hoje seu sono era ainda mais profundo do que de costume, pois, enquanto dormia, a escuridão pareceu espessar-se ao seu redor. Se é que sonhava, sonhava que estava no coração de uma floresta primordial, fechada para a luz do sol, fechada para as vozes da humanidade. Vez por outra, enquanto dormia, parecia ouvir o chilrear sonolento de um pássaro perdido no sonho ou, quando o vento balançava os galhos, a risada alegre de um macaco contemplativo. Então, de repente, os galhos se partiram; a luz entrou – aqui, ali, em feixes ofuscantes. Macacos guincharam; pássaros alçaram voo, gritando e piando em alarme. Flush se levantou de um pulo, completamente desperto. Havia uma comoção assombrosa ao seu redor. Adormecera entre as pernas nuas de uma mesa comum na sala de estar. Agora, estava cercado pelo esvoaçar de saias e o farfalhar de calças. A própria mesa, além de tudo, jogava violentamente para cá e para lá. Ele não soube para que lado correr. Que diabos estava acontecendo? O que, pelos céus, havia possuído a mesa da sala de estar?

Ele ergueu a voz em um uivo prolongado de interrogação. Para a pergunta de Flush, nenhuma resposta satisfatória pode ser dada. Alguns fatos, e dentre eles os mais insignificantes, são só o que se pode fornecer. Resumidamente, portanto, parece que, naquele início de século XIX, a condessa de Blessington adquirira de um mágico uma bola de cristal. Sua Graça "jamais pôde entender a utilidade dela"; realmente, ela nunca fora capaz de ver nada na bola, exceto cristal. Após sua morte, porém, procedeu-se à venda de seus bens, e a bola passou a ser propriedade de outros, que "olhavam mais fundo, ou com olhos mais puros", e viam outras coisas na bola, além de cristal. Se lorde Stanhope foi o comprador, se foi ele quem olhou "com olhos mais puros", não está registrado. Mas certamente, no ano de 1852, lorde Stanhope estava em posse de uma bola de cristal e lorde Stanhope precisava apenas olhar para dentro dela para ver, entre outras coisas, "os espíritos do sol". Obviamente, essa não era uma visão que um nobre generoso pudesse guardar para si, e lorde Stanhope tinha o hábito de exibir sua bola de cristal em encontros festivos e de convidar os amigos para também verem os espíritos do sol. Havia algo de estranhamente delicioso – exceto para o senhor Chorley – no espetáculo; bolas de cristal se tornaram uma febre; e por sorte um oculista de Londres logo descobriu que conseguia fabricá-las, sem ser nem egípcio nem mágico, embora naturalmente o preço da bola de cristal inglesa fosse alto. Assim, muitas pessoas, no início dos anos 1850, tornaram-se proprietárias de bolas de cristal, apesar de "muitas pessoas", disse lorde Stanhope, "usarem as bolas, sem a coragem moral de confessar isso". A prevalência dos espíritos em Londres de fato se tornou tão acentuada que certo alarme foi sentido; e lorde Stanley sugeriu a sir Edward Lytton[10] que "o governo deveria indicar um comitê de investigação, de modo a apurar os fatos na maior extensão possível". Fosse porque os rumores sobre um iminente comitê do governo alarmaram os espíritos,

[10] Edward George Bulwer-Lytton (1803 – 1873), romancista, poeta, dramaturgo e político inglês. (N.T.)

fosse porque os espíritos, assim como os corpos, tendem a se multiplicar quando em confinamento, não pode restar dúvida de que os espíritos começaram a mostrar sinais de inquietação e, escapando em amplas quantidades, fizeram morada nas pernas de mesas. Fosse qual fosse a motivação, a política foi bem-sucedida. Bolas de cristal eram caras; quase todo mundo possui uma mesa. Assim, quando a senhora Browning retornou à Itália, no inverno de 1852, descobriu que os espíritos a haviam precedido; as mesas de Florença estavam quase universalmente infectadas. "Desde o corpo diplomático até os farmacêuticos ingleses", ela escreveu, "as pessoas estão 'servindo mesas'... por todo lado. Quando as pessoas se reúnem em volta de uma mesa, não é para jogar tuíste". Não, era para decifrar mensagens transmitidas pelas pernas das mesas. Assim, perguntada sobre a idade de uma criança, a mesa "se expressa inteligentemente, batendo as pernas, respondendo de acordo com o alfabeto". E, se uma mesa era capaz de lhe dizer que seu próprio filho tinha quatro anos, qual seria o limite para a capacidade dela? Mesas giratórias eram anunciadas nas lojas. As paredes eram forradas de anúncios das maravilhas "scoperte a Livorno"[11]. Em 1854, de tão rápido que o movimento se disseminara, "quatrocentas mil famílias na América haviam dado seus nomes... como se

[11] "descobertas em Livorno", em italiano no original. (N.T.)

realmente desfrutassem de uma comunicação espiritual". E da Inglaterra chegaram notícias de que sir Edward Bulwer--Lytton havia importado "diversos dos espíritos batedores da América" para Knebworth, com o feliz resultado - pouco assim foi informado a Arthur Russell, quando ele notou "um cavalheiro de aparência estranha, vestindo um roupão surrado" encarando-o durante o café da manhã - de que sir Edward Bulwer-Lytton se acreditava invisível[12].

Quando a senhora Browning olhou na bola de cristal de lorde Stanhope, durante um almoço, ela não viu nada - exceto que, realmente, era um notável sinal dos tempos. O espírito do sol de fato lhe contou que ela estava prestes a ir a Roma; mas ela não estava prestes a ir a Roma, ela contradisse os espíritos do sol. "Mas", ela acrescentou com sinceridade, "eu amo o maravilhoso". Ela não era nada menos que aventureira. Ela correra risco de morrer ao ir à Manning Street. Ela descobrira um mundo com o qual jamais sonhara, a meia hora de carruagem de Wimpole Street. Por que não haveria de existir outro mundo a meia hora de voo de Florença - um

[12] "Sir Edward Bulwer-Lytton se acreditava invisível." A senhora Huth Jackson, em *Uma infância vitoriana*, diz: "Lorde Arthur Russell me contou, muito anos depois, que, quando menino, foi levado a Knebworth pela mãe. Na manhã seguinte ele estava no grande salão, tomando o desjejum, quando um cavalheiro de aparência estranha, em um roupão surrado, entrou e andou lentamente em volta da mesa, encarando um convidado após o outro. Ele ouviu a mãe da vizinha cochichar para ela: 'Não dê atenção, ele pensa que é invisível'. Era lorde Lytton em pessoa". (pp.17-18) (N.A.)

mundo melhor, um mundo mais bonito, onde os mortos viviam, tentando em vão nos contactar? De toda forma, ela correria o risco. De modo que ela se sentou à mesa também. E o senhor Lytton, o filho brilhante de um pai invisível, veio; e o senhor Frederick Tennyson, e o senhor Powers e M. Villari – todos se sentaram à mesa e, quando a mesa parou de chutar, eles se sentaram para tomar chá e comer morangos com creme, com "Florença se dissolvendo nas colinas arroxeadas e as estrelas espreitando", conversando e conversando: "... que histórias nós contamos e por quais milagres juramos! Ah, nós somos crentes, aqui, Isa, exceto Robert...". Então irrompeu o surdo senhor Kirkup, com sua barba branca rala. Ele tinha passado lá apenas para exclamar: "Existe um mundo espiritual, existe um estado futuro. Eu confesso. Estou convencido, pelo menos". E, quando o senhor Kirkup, cujo credo fora sempre "o que há de mais próximo ao ateísmo" foi convertido meramente porque, apesar da surdez, havia escutado "três batidas tão altas que o fizeram dar um pulo", como poderia a senhora Browning manter as mãos afastadas da mesa? "Você sabe que sou um pouco visionária e propensa a bater em todas as portas do mundo presente para tentar sair", ela escreveu. Assim, ela convocou os crédulos à Casa Guidi e eles se sentaram com as mãos sobre a mesa da sala de estar, tentando sair.

Flush se sobressaltou na mais aguda apreensão. As saias e calças ondulavam ao redor dele; a mesa estava apoiada em uma perna. Porém, fosse o que fosse que as senhoras e os senhores em volta da mesa conseguissem ouvir e ver, Flush não conseguia ouvir nem ver nada. Fato, a mesa estava sobre uma perna, mas isso é o que mesas fazem, se você apoia um dos lados com força. Ele mesmo havia entortado mesas, e que reprimendas sofrera por isso. Mas agora lá estava a senhora Browning, com os grandes olhos arregalados, encarando como se visse algo maravilhoso do lado de fora. Flush correu para a sacada e espiou. Haveria outro grão-duque passando com faixas e tochas? Flush não conseguia ver nada, além de uma mendiga agachada na esquina da rua, por cima de um cesto de melões. No entanto, claramente a senhora Browning estava vendo alguma coisa; claramente ela estava vendo alguma coisa que era muito extraordinária. Assim, nos velhos tempos de Wimpole Street, ela havia chorado uma vez, sem nenhuma razão que ele conseguisse ver; e de novo ela havia rido, segurando uns rabiscos manchados. Mas isto era diferente. Agora havia em seu olhar algo que o assustava. Havia alguma coisa na sala, ou na mesa, ou nas anáguas e nas calças, de que ele desgostava intensamente.

Com o passar das semanas, essa preocupação da senhora Browning com o invisível cresceu. Podia ser um belo dia de calor, mas, em vez de observar os lagartos deslizar para dentro e para fora das rochas, ela se sentava à mesa; podia ser uma noite escura e estrelada, mas, em vez de ler um livro ou passar a mão sobre o papel, ela chamava, se o senhor Browning estivesse fora, por Wilson, e Wilson vinha, bocejando. Então elas se sentavam juntas à mesa até que aquela peça de mobília, cuja principal função era proporcionar sombra, chutasse o chão, e a senhora Browning exclamava que ela estava dizendo a Wilson que ela logo cairia doente. Wilson respondia que estava apenas caindo de sono. Mas logo a própria Wilson, a implacável, a aprumada, a britânica, gritava e desmaiava, e a senhora Browning corria de um lado a outro, procurando "o vinagre higiênico". Aquele, para Flush, era um modo altamente desagradável de passar uma noite tranquila. Muito melhor uma pessoa se sentar e ler um livro.

Indubitavelmente, o suspense, o odor intangível, mas desagradável, os chutes, os gritos e o vinagre tiveram efeito sobre os nervos de Flush. Estava tudo muito bem que o bebê, Penini, rezasse "para que os pelos do Flush cresçam"; aquela era uma aspiração que Flush conseguia entender. Mas esta forma de reza, que exigia a presença de homens de cheiro ruim e aparência desleixada, e bizarrices de um pedaço de mogno aparentemente sólido o irritavam muito, assim como irritavam aquele homem robusto, sensato e bem-vestido, seu tutor. Mas muito pior do que qualquer cheiro, para Flush, muito pior do que qualquer bizarrice, era o olhar no rosto da senhora Browning, quando ela olhava para fora da janela como se estivesse vendo alguma coisa que fosse maravilhosa, quando não havia nada. Flush se punha na frente dela. Ela olhava através dele, como se ele não estivesse ali. Esse era o olhar mais cruel que ela jamais havia dirigido a ele. Era pior do que sua raiva fria, quando ele mordera o senhor Browning na perna; pior do que a risada sardônica dela quando a porta prendeu sua pata no Regent's Park. Havia momentos de fato quando ele tinha saudade de Wimpole Street e das mesas de lá. As mesas do número cinquenta nunca haviam se inclinado sobre uma perna. A mesinha com o aro em volta, que sustentava os preciosos adornos dela, havia sempre permanecido perfeitamente imóvel. Naqueles dias agora tão distantes, ele só precisava pular no sofá, e a senhorita Barrett se sobressaltava, despertava totalmente e olhava para ele. Agora, mais uma vez, ele pulou no sofá ao lado dela. Mas ela não reparou nele. Ela estava escrevendo. Ela não lhe deu atenção. Ela continuou escrevendo – "e também, a pedido do médium, as mãos espirituais tiraram da mesa uma guirlanda que lá estava, e a puseram na minha cabeça. A mão específica que fez isso era do maior tamanho humano, branca como a neve e muito bonita. Estava tão perto de mim quanto esta mão com que escrevo, e eu a vi nitidamente". Flush a cutucou firmemente. Ela olhou através dele como se ele fosse invisível. Ele pulou do sofá e desceu correndo para a rua.

Era uma tarde de calor abrasador. A velha mendiga na esquina tinha adormecido sobre os melões. O sol parecia pairar no ar. Mantendo-se no lado sombreado da rua, Flush percorreu o bem conhecido caminho até a praça do mercado. A praça toda resplandecia com toldos, barracas e sombrinhas lustrosas. As mulheres do mercado estavam sentadas ao lado de cestas de frutas; pombos estavam voando, sinos estavam repicando, chicotes estavam estalando. Os vira-latas multicoloridos de Florença estavam correndo, farejando e escavando. Tudo era agitado como uma colmeia e quente como um forno.

Flush procurou uma sombra. Ele se jogou ao lado de sua amiga Catterina, sob a sombra da enorme cesta dela. Um vaso marrom de flores vermelhas e amarelas lançava uma sombra ao lado da cesta. Acima deles, uma estátua, com o braço direito estendido, adensava a sombra até o violeta. Flush se deitou ali no frescor, observando os cães jovens ocupados com os próprios assuntos. Eles rosnavam e mordiam, esticavam-se e rolavam, em todo o abandono da alegria juvenil. Eles se perseguiam para dentro e para fora, em círculos, como ele próprio outrora perseguira a *spaniel* malhada na alameda. Seus pensamentos se voltaram para Reading, por um momento – para a *spaniel* do senhor Partridge, para seu primeiro amor, para os êxtases e inocências da juventude. Bem, ele tivera seu momento. Ele não invejava o deles. Ele concluíra que o mundo era um bom lugar onde se viver. Ele não tinha atritos com ele, agora. A mulher do mercado coçava atrás de sua orelha. Ela muitas vezes lhe dera uma palmada por roubar uma uva ou alguma outra travessura sem importância; mas ele estava velho, agora; e ela estava velha. Ele vigiava os melões dela e ela coçava a orelha dele. Depois ela tricotou e ele cochilou. As moscas zumbiam sobre o grande melão rosado, que tinha sido aberto para exibir o miolo.

O sol queimava deliciosamente através das folhas de lírio e da sombrinha verde e branca. A estátua de mármore amainava o calor até um frescor de champanhe. Flush se esticou e deixou que ele queimasse através do pelo até sua pele nua. E, quando estava tostado de um lado, ele se virou e deixou que o sol tostasse o outro. Durante todo o tempo, as pessoas do mercado tagarelavam e barganhavam; as mulheres estavam passando; elas estavam parando e apalpando os legumes e as frutas. Havia um zunido e um murmúrio de vozes humanas perpétuos, do tipo que Flush sempre adorou ouvir. Após algum tempo ele adormeceu à sombra dos lírios. Ele dormiu como dormem os cães quando estão sonhando. Agora, suas pernas estremeciam – estaria ele sonhando que caçava coelhos na Espanha? Estaria escalando a encosta quente de uma colina, com homens escuros gritando "*Span! Span!*", enquanto os coelhos saíam em disparada dos arbustos? Depois, ficou outra vez imóvel. E agora ele gania, rapidamente, suavemente, muitas vezes em sequência. Talvez ouvisse o doutor Mitford incitando seus galgos a caçar, em Reading. Depois, a cauda dele balançou humildemente. Teria ouvido a velha senhorita Mitford gritar "Cachorro feio! Cachorro feio!", enquanto ele rastejava até onde ela estava, entre os nabos, agitando o guarda-chuva? E depois ele permaneceu deitado por algum tempo, roncando, envolto no sono profundo da velhice feliz. De repente, todos os músculos de seu corpo estremeceram. Ele despertou com um sobressalto violento. Onde ele pensou que estava? Em Whitechapel, entre os rufiões? Estava a faca em sua garganta outra vez?

Fosse o que fosse, ele acordou de seus sonhos em um estado de pavor. Ele saiu correndo como se fugisse para a segurança, como se estivesse buscando abrigo. As mulheres do mercado riram e o alvejaram com uvas podres e o chamaram de volta. Ele não deu atenção. As rodas das carroças quase o esmagaram, enquanto ele disparava pelas ruas – os homens, levantando-se para conduzi-las, xingaram-no e o atingiram com os chicotes. Crianças seminuas jogaram pedras neles e gritaram "*Matta! Matta!*", quando ele passou voando. As mães delas correram para a porta e as puseram para dentro, alarmadas. Teria ele enlouquecido? Teria o sol derretido seus miolos? Ou teria ele mais uma vez ouvido a trombeta de caça de Vênus? Ou teria um dos espíritos batedores americanos, um dos espíritos que viviam nas pernas da mesa, por fim incorporado nele? Fosse o que fosse, ele seguiu em linha reta por uma rua acima e por outra abaixo, até que chegou à porta da Casa Guidi. Subiu a escada correndo e foi direto para a sala de estar.

A senhora Browning estava deitada, lendo, no sofá. Ela levantou os olhos, assustada, quando ele entrou. Não era um espírito – era apenas Flush. Ela riu. Depois, quando ele subiu no sofá e aproximou o rosto do dela, as palavras de seu próprio poema lhe voltaram à mente:

Você vê esse cachorro. Foi apenas ontem
Que eu meditava, esquecida da presença dele aqui,
Até que, de pensamento em pensamento, correu lágrima após lágrima,
Quando do travesseiro, onde eu deitava com faces molhadas,

Uma cabeça peluda como a de Fauno abriu seu caminho
Subitamente, bem contra meu rosto – dois grandes olhos
Dourados e claros surpreenderam os meus –, uma orelha pensa
Roçou de fato minha bochecha para enxugar o jorro!
Primeiro, me assustei, como uma personagem da Arcádia
Espantada com o deus caprino no bosque do crepúsculo;
Mas, conforme a imagem barbuda se aproximava e secava
Minhas lágrimas, reconheci Flush, e me elevei
Da surpresa e da tristeza, agradecendo ao verdadeiro Pã,
Que, através de criaturas inferiores, leva às alturas o amor.

Ela escrevera o poema um dia, muitos anos antes, em Wimpole Street, quando estava muito infeliz. Anos haviam decorrido; agora ela era feliz. Ela estava ficando velha, agora, e Flush, também. Ela se curvou sobre ele por um momento. O rosto dela, com a boca larga, os olhos grandes e os cachos pesados, ainda era estranhamente parecido com o dele. Separados, mas feitos no mesmo molde, cada um, talvez, completasse o que era dormente no outro. Mas ela era uma mulher; ele era um cão. A senhora Browning retomou a leitura. Depois, olhou para Flush de novo. Mas ele não olhou para ela. Uma mudança extraordinária se abatera sobre ele. "Flush!", ela gritou. Mas ele estava em silêncio. Ele estivera vivo; ele agora estava morto[13]. Isso foi tudo. A mesa da sala de estar, curiosamente, permaneceu perfeitamente imóvel.

[13] "Ele agora estava morto." É certo que Flush morreu; mas a data e a forma como morreu são desconhecidas. A única referência consiste na afirmação de que "Flush viveu até idade avançada e está enterrado nas galerias subterrâneas da Casa Guidi". A senhora Browning foi enterrada no Cemitério Inglês em Florença; Robert Browning, na Abadia de Westminster. Flush permanece, portanto, sob a casa na qual, outrora, os Brownings viveram. (N.A.)

Fontes autorizadas

Deve-se admitir que existem bem poucas fontes autorizadas para a biografia anterior. Mas o leitor que queira conferir os fatos ou dar sequência ao assunto pode recorrer a:

"Para Flush, meu cão" – *Flush, ou Fauno* (Poemas de Elizabeth Barrett Browning).

As cartas de Robert Browning e Elizabeth Barrett Browning. (2 volumes)

As cartas de Elizabeth Barrett Browning, editadas por Frederick Kenyon. (2 volumes)

As cartas de Elizabeth Barrett Browning dirigidas a Richard Hengist Horne, editadas por S. R. Townshend Mayer. (2 volumes)

Elizabeth Barrett Browning: cartas para a irmã, 1846 – 1859, editado por Leonard Huxley, LL.D.

Elizabeth Barrett Browning por suas cartas, de Percy Lubbock.

Referências a Flush podem ser encontradas em *Cartas de Mary Russell Mitford*, editado por H. Chorley. (2 volumes)

Para um relato sobre os cortiços de Londres, *Os cortiços de Londres*, de Thomas Beames, 1850, pode ser consultado.